花露天香

花露天香

孟晖

南京大学出版社

图书在版编目(CIP)数据

花露天香/孟晖著. —南京:南京大学出版社,
2014.10　2021.5重印
ISBN 978-7-305-13289-6

Ⅰ. ①花… Ⅱ. ①孟… Ⅲ. ①随笔-作品集-中国-当代 Ⅳ. ①I267.1

中国版本图书馆CIP数据核字(2014)第110998号

出 版 者　南京大学出版社
社　　址　南京市汉口路22号　邮　编　210093

出 版 人　金鑫荣

书　　名　花露天香
著　　者　孟　晖
责任编辑　沈卫娟

照　　排　南京紫藤制版印务中心
印　　刷　南京凯德印刷有限公司
开　　本　787×1092　1/32　印张5.5　字数90千
版　　次　2014年10月第1版　2021年5月第3次印刷
ISBN 978-7-305-13289-6
定　　价　35.00元

网址:http://www.njupco.com
官方微博:http://e.weibo.com/njuyzxz
官方微信号:njupress
销售咨询热线:(025)83594756

目　录

宋·佚名《乞巧图》局部

花露一词，不仅比香水来得更有诗意，而且其实相当真切地反映了这种香液最初的制造方式——把鲜花放在特定的器皿中进行蒸馏，花瓣中的香精被蒸发出来，混入蒸馏出的水汽中，带有香气的蒸汽重新凝结成液，便得了分晓。

无论是蔷薇花露拌米饭，还是玫瑰露冲成的冰凉饮料，在今天都是享受不到了。显然，必须有鲜花蒸馏成的天然花露，才能做出那样的美味来，而古老的花露，是早就绝迹了。风水轮流转，最近的时髦，是什么都讲天然、有机，女士们都时兴喝花瓣泡的花茶。那么能不能干脆把花露也复兴起来呢？

宋·佚名《樱桃黄鹂图》局部

唐人美点——糖酪浇樱桃

宋代词人辛弃疾曾作《菩萨蛮·坐中赋樱桃》一词，开篇即说："香浮乳酪玻璃碗，年年醉里尝新惯。"读者读过这两句词文，或许会觉得有些难以理解，不明白赋咏樱桃，为什么要提到乳酪。其实，如果知道古人在食樱桃时，流行向新鲜樱桃上浇乳酪以佐味，这两句词的涵义，便不解自明了。

吃樱桃时浇以乳酪，这种食法，最早的记载大概是在三国时代。在魏文帝的文集中载录了钟繇的书信，其中提到赏赐"甘酪及樱桃"。据史书记载，东汉灵帝喜好胡服、胡饭、胡乐，京都贵戚都竞相效仿。酥、酪等乳制品，或许正是作为"胡饭"的一类，在汉末胡风胡俗流行之下，被中原贵族初步接受的。魏晋北朝时期，北方少数民族频繁入迁中原，使得胡风胡俗在北方地区影响日深，反映在饮食习惯上的表现之一，便是乳制品一度成为北方人民的日常食品。北魏贾思勰在《齐民要术》中，专辟

唐代描金刻花蓝琉璃盘。(法门寺出土)

一章详细介绍畜牧及乳制品制造技术,当时北方地区的生活风俗,由此可见一斑。

据《齐民要术》介绍,"三月末,四月初,牛羊饱草,便可作酪,以收其利,至八月末止。"其他季节,"天寒草枯",牛羊羸瘦,产奶不多,不能大量地造酪。三月末,四月初,正是暮春、初夏,也就是樱桃成熟的时节。每年,新酪的制作正与樱桃的成熟同时,所以,宋代诗人陆游有诗句云:"蜡樱、桃子、酪同时",梅尧臣则曾作诗云:"昨日酪将熟,今日樱可餐"。在汉唐时代,黄河流域的气候、水土、植被条件与今日很不相同,樱桃树生长很是

唐代鎏金银碗。(法门寺出土)

普遍,至初夏大量结实,因此,樱桃是北方人生活中很重要的一种果品。人们发现,将在同一季节出产的两种美味——乳酪、樱桃混拌在一起享用,风味加倍美妙,于是,年年"尝新"时,乳酪便也成为必不可少的佐味佳品。

《齐民要术》中记载有造酪法,与今日制造奶酪的工艺大致相同。书中提到三种酪制品,"甜酪"、"酢酪"和"干酪"。其中,酢酪相当于今天的酸奶,味道酸甜;干酪则是一般的奶酪经过加工,脱水晒干而成,其状态比较接近今天我们所见、所吃的西式奶酪制品。而甜酪,其味道是一般天然奶酪的口感,但是,其状

紅綃

态却与我们今天习惯见到的干奶酪不同，是半固态、凝冻状的，在形态上更近似酸奶（参见《齐民要术校释》，缪启愉校释，中国农业出版社，1998 年）。北朝、唐宋时代提到“酪”、“乳酪”，通常都是指甜酪，也就是半固态的天然奶酪，而非干酪。乳酪既然是凝冻状的，在吃樱桃的时候，就可以把这样的乳酪像浇卤一样，浇沃到鲜红的樱桃上。以鲜乳酪的肥浓滋润相配初熟樱桃的鲜甜多汁，其口感之美，可想而知。唐人因循北朝风俗，仍然保留着日常食用乳制品的习惯，牛羊乳汁、酥、酪等乳品，都被唐人视为美味，因此，在唐代，在品尝樱桃的种种方法中，最普遍、最受欢迎的吃法，始终是乳酪浇樱桃。五代人王定保在其所著的《唐摭言》中记载有这样一则轶事：“唐时新进士尤重樱桃宴。乾符四年，刘邺第二子覃及第……覃潜遣人预购数十树，独置是宴，大会公卿。时京国樱桃初出，虽贵达未适口，而覃山积铺席，复和以糖、酪者，人享蛮画一小榼，亦不啻数升，以至参御辈，靡不沾足。”在公元 878 年的一次新进士宴上，主宾们一共吃掉了几十棵树产出的樱桃，仅用以浇佐樱桃的乳酪，就用去了不止好几斗。由于蔗糖在唐代成为通行的甜味品，唐人在樱桃上浇乳酪之外，还要加浇蔗糖浆，增加了酪浇樱桃的甜度，使这一道美点臻至于完美。

唐人盛行的这一道美点，因为口感芳美，在后世一直流传了很久，直至宋元，在暮春樱桃初熟的时节，吃糖酪浇樱桃“尝新”，仍然是不可缺少的保留节目。既然吃樱桃时一定要伴以乳酪，古人在赏赐、馈赠樱桃的时候，索性连同乳酪一并奉送。如宋人刘筠便有诗句说道：“内苑朱樱兼酪赐”，这是说天子赏赐臣僚以樱桃、乳酪。梅尧臣则收到了友人赠送的“酪及樱桃”，特意作诗以志其事。

唐宋人吃糖酪浇樱桃十分讲究。白居易在诗中形容自己享受天子赏赐的樱桃的情景，说是：“手擘才离核，匙抄半是津。”——将樱桃刨开、去核，盛在盘碗中，浇上乳酪、蔗浆，用小匙舀食。当代家庭中也常用酸奶或冰淇淋浇在草莓等水果上，自制家庭冷甜食，方法与古人正相类似。与今天一样，唐宋人用以浇樱桃的乳酪、蔗浆，事先也都要经过冰镇。宋人有词句咏此事云：“金盘乳酪齿流冰”（曾觌《浣溪沙·樱桃》），“多情更有酪浆寒”（李洪《浪淘沙·樱桃》），元人迺贤在《宫词》中也称咏：“上苑含桃熟暮春”、“醍醐渍透冰浆寒”，读来真是令人垂涎三尺。我们今天在吃水果酸奶、冰淇淋拌草莓一类冷甜食时，往往以为自己是在享受“西式风情”，殊不知，类似的美味，老祖宗早就发明而且享用过了。

对于这样一道美食，唐宋人讲究动用精美珍贵的器皿来盛放，如金盘、金瓯、琉璃盘、玻璃碗、彩画榼，等等，以映衬樱桃的莹红、乳酪的凝白。糖酪浇樱桃口感甘美滋润，视觉上又如此赏心悦目，难怪唐宋人对其无限爱赏，将它入诗，入词，入史，入笔记，入传奇。其中，尤以唐代传奇文学的代表作品、裴铏所著《昆仑奴》，对于“酪浇樱桃”的制法、食法，描写得最是具体。文中写道，男主人公崔生奉父命去拜谒当时“盖代之勋臣一品者”（有人考证，此人物暗指名将郭子仪）。在拜访中，勋臣的家伎们“以金瓯贮含桃而擘之，沃以甘酪以进”，将樱桃（“含桃”）放在金瓯中，剖开去核，浇上甜乳酪，进献上来。勋臣命一位穿红绡衣的家伎递一碗酪浇樱桃给崔生，不料，崔生少年单纯，在家伎们面前面红羞怯，不好意思进食。勋臣于是传命红绡将樱桃一匙一匙地舀来喂给崔生，搞得崔生愈加害羞，不得已只好吃下，他的纯真，引得红绡不由微笑起来。近来，有一句从西方舶来的警句颇为流传，大意是，爱情通向心灵的道路经过胃，这句警语正应和了发生在崔生与红绡之间的情形——在一匙匙甜润的酪浇樱桃的喂送当中，哎呀，爱情竟然悄悄地、然而又是迅速地在一双少男少女的内心深处燃烧起来了。于是，一个美丽的爱情故事发生了，与之相伴的还有一个激动人心的侠义故事，而这一切，都是由一道甜品开始的。

酥·酥山·冰淇淋

听说，西方人有这样一种说法：如今欧洲人大吃特吃的冰淇淋原本是中国人发明的，在元朝的时候，由马可·波罗把它的做法带回了欧洲。这些年来，不止一次地在一些中国人写的文章中读到这个说法，那么，马可·波罗在中国看到和尝到的元代“冰淇淋”究竟是什么呢？有的文章说，就是刨冰。刨冰，我见过，是把刨碎的冰碴放在一只小碗里，再浇上酸梅汤，这也和冰淇淋差得太远了一些吧。所以，我对“刨冰即冰淇淋前身”一说一向深表怀疑。

可是，在马可·波罗来到之前，中国有没有可能已经出现了约略近似今日冰淇淋的食品呢？答案是有可能。我们都吃过冰淇淋，知道冰淇淋至少有两个大特点，一是它是一种冰冻的冷食，二是它的主要成分是牛奶、奶油。要说一种食物可能是冰淇淋的前身，它恐怕至少应该符合这两个条件，才能算作是有了冰淇淋的影子。

在十六国南北朝时期，北方游牧民族相继入主中原，给长江以北地区的生活风俗带来很大变化，反映在饮食上，就是奶制品的食用一度非常普遍和流行，奶制品在饮食中地位很高。贾思勰在《齐民要术》中不厌其烦地细细介绍如何养牛、马、羊，如何挤奶，如何做酪、做酥，就说明了奶制品在当时的普遍和重要。其中，通过贾思勰对"抨酥法"的介绍，可知当时所说的"酥"，与今日我们所吃的奶油、黄油大致相近，可视为同一类奶制品(当然在制作工艺上不一定完全相同)。

这种与奶油、黄油为同类的"酥"，在当时，被认为不仅滋味美妙，而且营养价值极高。唐代的医家都把它作为保健食品而大力推荐，如孙思邈就一再建议，"乳酪酥等常食之，令人有筋力，胆干，肌体润泽"(《千金要方·食疗》)；"惟乳酪酥蜜，常宜温而食之，此大利益老年"(《千金翼方·养老食疗》)。而具体加以运用的例子，见于白行简所作唐传奇《李娃传》里，故事说，男主人公在沦为乞儿，"枯瘠疥疠，殆非人状"之后，李娃良心发现，收留了这位旧情郎。她让这位落难公子先喝些汤粥"通其肠"，然后又以"酥乳润其脏"，过了十多天，才让他吃鱼肉。经过这样一番的精心调理，不出几个月，落难公子果然就渐渐胖了起来。

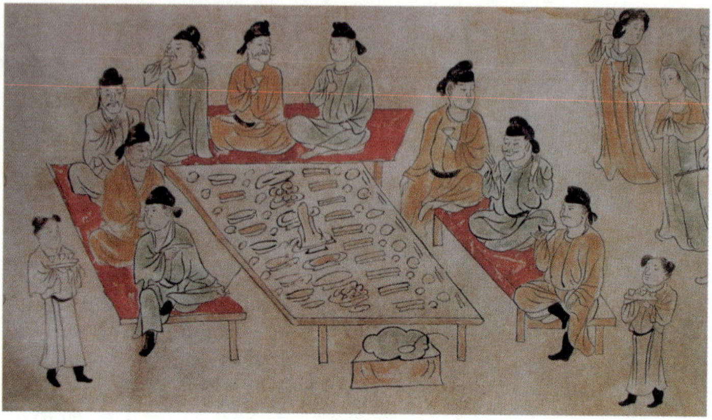

食案当中是一盘酥山。(长安南里王村唐墓壁画)

从上面这些例子就可以看出，唐代人对酥实在不陌生，不过，对那时一般人来说，酥的妙处，首先倒不在于保健，而在于它的滋味滑润细腻，吃起来异常可口。唐代文人常常拿酥的质地、色泽等等来打比喻说事，最有名的大概就是韩愈的一句“天街小雨润如酥”了。

“酥”的吃法在唐代有多种多样，例如，唐德宗就好以酥、椒添入茶中，李泌曾为此戏作诗云：“旋沫翻成碧玉池，添酥散作琉璃眼。”这样点出来的茶水，恐怕与藏族所吃的酥油茶更多相近之处，而与我们今天的喝茶方式相去甚远。另外，酥还可以加入糕饼中，做成可口的点心。不过，当时有一种最生猛的吃法，就是拿酥来直接吃。这种吃法是从西北少数民族那里传入中原的。如《新五代史》“晋高祖纪”中记载，石敬瑭曾经在危急中为后唐庄宗解围，“庄宗拊其背而壮之，手啗以酥。啗酥，夷狄所重，(石敬瑭)由是名动军中”。这是说的五代时候的事，而实际上，早在唐代，这种吃酥的方式已经在中原流行了。唐人王泠然有一篇《苏合山赋》，就详细讲了唐人如何吃酥。

赋中首先介绍了吃酥的场合和背景：“英髦俊彦兮揽辔结辙，华堂洞开兮绮馔齐列。”一开场就说明，这一次宴会的档次很高，参与盛会的都是些社会精英，主人家门前一时车马云集，连带地也就暗示出宴会主人的身份实在是不低。宴会的场所是宽敞的华堂，堂上珍馐罗列，让人眼花缭乱。不过，在作者看来，“虽珍膳芳鲜，而苏山奇绝”，在各式各样的众多美味中，最让人称奇叫绝的就是“苏山”。“苏山”，其实应当写作“酥山”。古人常将酥写成“苏”，如五代和凝《春光好》一词也提到“酥山”，在有的版本中就写作“苏山”(参见《花间集校注》，李一氓校，人民文学出版社，1958年)。赋文接着介绍了这种“酥山”的制作工艺，说：

> 味兼金房之蜜，势尽美人之情。素手淋沥而象起，玄冬涸沍而体成。足同夫霜结露凝，不异乎水积冰生。盘根趾于

> 一器，拟崖萼于四明。

可知作为原料的酥中是加了糖、蜜一类的甜味剂的，因此就像蜂蜜一样甜。其制作工艺，看来是把酥加工得松软，甚至让酥近乎融化，然后，由妇女们拿在手里，向盘子一类的器皿上滴淋，一边淋一边做出造型。在其他文献中，也提到过这种“滴酥”的工艺，但是说得都不详细，让人无法了解到具体的做法。不过，它多少让人联想到今天向蛋糕上挤奶油裱花的方法，不知二者之间是否真有什么传承关系。

把甜酥“淋”成山形的造型之后，还要经冷冻定型。在当时，除了皇家以外，一般人都不能拥有大型冰窖，所以，只能在寒冬时分制作这种酥山。经冷冻的酥山如同霜雪，如同冰晶，牢牢地冻黏在了盘子上。这种酥山的造型是极为奇丽的：

> 或峻或危，其势参差，隐映陆离，疑雪岫之座窥；乍辉乍焕，其色璀璨，灼烁皓旰，与玉台兮相乱。

奶酥本是雪白的，做成山形看去竟十分险峻，使宾客们恍然觉得在坐席上看到了雪山。这雪山反射着周围各种光线，芒彩晶莹，又让人想起了珍贵的玉镜台。作者接着说，虽然天台山、太华山有万仞之高，可是与我们的这一次宴会又有什么关系？“岂若兹山俎豆之间，装彩树而形绮，杂红花而色斑”——哪里像这座山就出现在宴桌上，而且，在端上来之前，还插上了人工做的彩树、红花作为装饰！

欣赏了一番酥山的外观之后，大家终于动起筷子来了，王泠然形容这一道美食带给人的充分的快感，说是：

> 吮其味则峰峦入口，玩其象则琼瑶在颜。随玉箸而必进，非固非缔；触皓齿而便消，是津是润。倘君子之留赏，其捐躯而自徇（殉？）。

不知是用了什么技术，这酥山并不坚硬，筷子一夹就起。凉凉的甜酥入口即化，口感当然非常之美妙。于是，在一群君子的欣赏当中，这一座如此奇妙的酥山就“捐躯”了。长安南里王村唐墓壁画中，有一幅《宴饮图》，正是表现一群士大夫“精英”跑到郊外举行“野餐”的情景。他们在空地上支起了大长案，案周围摆上长条坐榻，精英们并排盘腿坐在长榻上，又吃又喝，也不在乎附近就簇拥着许多农夫、村妇看他们的热闹。长案上陈设着杯盘等物，在最中间的地方，一只圆盘内，高高伫立着一种体积颇为硕大的、山峦形的食物。从造型、体积上，这一食品都很接近《苏合山赋》中对“酥山”的形容，并且，其被放置在食案正中最显眼的地方，显然很受重视，也合乎赋中把酥山夸为席上之珍的描写。这让人推测，墓室壁画中的这一细节，恰恰是表现了千年前的流行美食——酥山，而整幅壁画则无意地成为了《苏合山赋》一文的非常传神的插图。

《苏合山赋》没有提到吃酥山的节令，但是，五代和凝的一首《春光好》对此作了补充：

> 纱窗暖，画屏闲。亸云鬟。睡起四肢无力，半春间。　玉指剪裁罗胜，金盘点缀酥山。窥宋深心无限事，小眉弯。

词中的美人在满腹心事之中，用轻罗剪出各式彩花，装饰盛在金盘中的酥山，这一细节正与《苏合山赋》的描写相合。我们可以推测，美人忙着为一座酥山上做插饰的彩花，显然是因为在当日中午或晚上就要有一次重要的宴会，而这座酥山正是宴席上的一道佳味。很可能，词中的女主人公的心上人就在参加这一次宴会的宾客名单上，由此可以想象，她是怀着多么复杂的心情在装点酥山，这也就难怪我们的女主人公在剪彩花的过程中心事越来越重，以致不知不觉地愁意怨意就渐渐上了眉梢。这正是《花间集》的作者们展示生活的典型方法：词中的表面气氛永远是一派的慵懒闲散，无所事事，好像什么也没有发生，什么也不会发生。华丽的闺阁中，只有一个慵散的女子在剪罗花，除此之外没有更多的动作，没有有情节的事件，没有对话，除了剪子的咔咔轻声之外，甚至没有什么声音。然而，在这一幅静态的画面之下，潜伏着的却是非常不安宁的情绪，是感情的急流，是复杂的、难以用语言说出的痛苦和失望的心境，是爱和情欲横遭压抑之后的无力的怨恨感，这一切最终转化为对人生的深深怀疑。看起来，多了解一些当时的生活风俗，对于理解《花间集》作品，实在没有坏处。

从词中可以知道，和凝《春光好》所描写的这样一个意绪缠绵的时刻，是发生在春已过半的季节。女主人公的住处已经换上了纱窗，可见天气渐趋暖热了。由此推测起来，当时的人们大概是在隆冬时节制作酥山，然后尽量把它长时间保存，待到天暖时节再拿出来吃。从《苏合山赋》中的描写来看，一个规模很大的宴会上只上一座酥山，可见酥山的规模不小。它全部以酥（奶油、黄油）做成，用当今蛋糕店的宣传用语来说，真正是“纯奶油”的。用这种“纯奶油”的原料加工出艺术化的造型，这让人不由联想到今天的奶油蛋糕，而从它要经冷冻来看，又有一分冰淇淋蛋糕的影子。王泠然所描写的酥山带给人的细腻口感，对我们吃过奶油蛋糕和冰淇淋的人来说实在是很熟悉的。用小巧精致的彩树、花胜装饰酥山，更让人想起冰淇淋店在冰淇淋上插小伞一类小饰品的做法。总之，《苏合山赋》中涉及的各种细节，都让酥山带上了一分冰淇淋的影子。因为史料记载简略，如今已无从考察酥山的具体工艺与制作奶油蛋糕或冰淇淋的异同，不过，称酥山是一种“冷冻奶油甜点”或“冷冻黄油甜点”，还是一点也不为过的。在唐章怀太子墓中，前甬道东壁的侍女形象行列里，一位侍女手中捧着一只竹或藤编的浅篮，篮中衬着布，布上放着一些外形约略类似麻花的食品，看起来，这篮中食品大概是经油炸等工艺制成，油性比较大，所以要衬上布，放在编篮中——今天餐馆中放置咖喱角、萝卜丝饼之类油大的点心，也仍然使用着类似的方法。就在这位侍女身后，一位穿男装的小侍女用双手捧着一只圆盘，盘中有两组近似山石造型的物品，每组“山石”上都插着一小簇花草。既然前边的侍女明显是手捧食品，紧跟其后的男装侍女手中所捧，也应该是一种食物，这样才能在人物安排上形成一种呼应和连贯的关系。而画中所绘，又与诗文中对“酥山”的种种描写何其相似，推测起来，这里也正是表现了“酥山”，表现了酥山上插饰的、由女性们精心剪出的“罗胜”。

类似酥山一类的奶油糕点，在唐代并不鲜见。宋人陶谷《清异录》中记载，武则天死后，章怀太子的亲兄弟、唐中宗复位

(705—710 年)的时候，韦巨源拜尚书令，曾经向中宗、韦后进“烧尾宴”。这一次“烧尾宴”的食谱一直流传到了宋代，在《清异录》记载下来的菜点名单中，直接涉及“酥”的就有四种。其中，有一种“玉露团”，旁注：“雕酥”。显然正是酥山一类的工艺化的奶油糕点，要经过雕琢加工。还有一种“贵妃红”，旁注：“加味红酥”。从字面上推测，是在酥中添加了调味剂和色素，因此有了特别的味道，而且呈绯红色。烧尾宴是唐代公卿大臣进献给皇帝的一种特别的宴席，《新唐书·苏瓌传》中就提到：“时大臣初拜官，献食天子，名曰‘烧尾’。”在 8 世纪初唐朝大臣献给天子的丰盛宴席中，就有奶酥糕点，可见那一时代的宫廷和民间对这一类食品都不陌生。

由此看来，早在马可·波罗来到中国之前的几个世纪，中国人就在大吃冷冻奶油点心了。到了马可·波罗来到之际，这种点心对元朝人来说也毫不陌生。如元人贡师泰就有一首《寄颜经略羊酥》诗，诗云：“三山五月尚清寒，新滴羊酥冻玉柈(盘)。何物风流何可称，兔毫花沦小龙团。”“新滴羊酥冻玉柈(盘)”一句，与《苏合山赋》中提到的“酥山”做法完全一样。对如何享受这样的美味，贡师泰很有美食家的眼光，据他看来，唯有用最好的“小龙团茶”在兔毫盏中点出好茶水，才与吃酥山相配。想象一下这样的一个场景：在 14 世纪，一位中国的有闲阶级一边品啜新茶，一边吃着香甜的冷冻奶油点心。你要是想看到一位英国绅士这样享受人生，还得再等上好几个世纪呢。也许，马可·波罗来到中国之后，见识到的就是“酥山”一类的冷冻奶油糕点，于是他就把这种美味的做法带回了欧洲，日后发展成了我们今天所吃的冰淇淋。不过这已纯属臆测，没有任何根据了。其实，欧洲人完全可能依靠自己的智慧和力量发明冰淇淋，马可·波罗是不是从中国带回去了冰淇淋并不重要（据说关于“马可·波罗究竟到没到过中国”还有争议），冰淇淋是不是中国人发明的，也不重要。重要的是，我们应该了解到，古代中国人的生活面貌究竟可能是什么样子，它所反映出的是一种内容多么丰富的文明，而这一切又怎样地正在被后人忘记。

金盘点酥山

《花间集》的作者之一和凝，如果能够生活在今天，看到街两边那么多的冰淇淋店、蛋糕店，他一定会感到非常高兴。这位五代的词人，似乎对奶油类的冷冻甜食特别感兴趣，在他的文学创作中，就屡屡提到当时流行的这样一种点心，“酥山”。

“暖金盘里点酥山，拟望君王子细看。更向眉中分晓黛，岩边染出碧琅玕。”这是和凝所作《宫词百首》中的一篇，意在刻画一位制作酥山的宫女，从她灵巧的动作，到微妙的心态。根据贾思勰《齐民要术》中对“抨酥法”的介绍，所谓“酥”，与我们今天的奶油、黄油大致接近，所以，这位宫女是在为天子精心制作“纯奶油”的、带造型的花点。唐人王泠然有一篇《苏合山赋》，对“酥山”的介绍十分详细。（“苏合”本是香料的专名，但在唐代也用来称呼作为点心原料的酥，这大约是因为制作点心的酥中要

手捧酥山的宫女。(唐章怀太子墓壁画)

加甜味料、香料，乃至染色剂的缘故。）将之与其他文学作品相参证，可以知道，酥山一般都是由女性制作，其方法是把酥加热到近乎融化、非常柔软的状态，然后捧握在手中，向盘子中“淋”、“沥”、“滴”或“点”，一边让酥从手中慢慢漏下，一边做出精巧的造型，似乎很接近蛋糕上裱奶油花的技巧。之所以称为“酥山”，是因为其造型被“点”成了崔巍的山峦之状，如冰峰雪嶂。制作酥山一般都要在凛冽的冬天，这样，酥被塑成山峰的造型之后，在寒冷中会牢牢凝冻住，不变形，也不变质。

这类用酥制成的花点，必须要靠低温环境来进行冷冻，所以，当时的老百姓们只有在冬天才有机会享用。如《东京梦华录》中就记载，北宋汴京的夜市，在冬月卖有“滴酥”。但是，在唐宋时代，不仅官营冰窖极具规模，民营冰窖也已大成气候，于是，上层社会就有办法把酥山保存到天气转暖的时节。如宋人王安中《蝶恋花》写道：“未帖宜春双彩胜。手点酥山，玉箸人争莹。”这是写在立春的节日吃酥山。和凝在一首《春光好》词中，则是描写“纱窗暖”、“半春间”的暮春时节，一位女性忙着装饰酥山。不过，事情一到皇家就不一样了，因为有大型的御用冰窖，所以即使在盛夏享受这一道美食也不成问题。和凝的另一首《宫词》中就如是说：“斑簟如霞可殿铺，更开新进瑞莲图。谁人筑损珊瑚架，子细看时认沥苏（酥）。”宫人们忙着布置消夏的陈设，给整座宫殿的地面都铺上华美的斑竹席，装饰殿堂的绘画也改成了画院新创作出来的荷花题材。这时，一座“珊瑚架”造型的酥山，同样成了解暑的手段之一。

说“沥”出的酥山疑似珊瑚架，更见出皇家凡事都比民间多些讲究。民间的酥山，一般都用本色的奶油制作，所以呈现为莹洁的奶白色，如“雪岫”（《苏合山赋》）一般。但皇家的酥山不同，能让人误以为是珊瑚架，说明这酥山是红色的，是用当时流行的一种“红酥”制作。和凝在另一首《宫词》中印证了这一点：“红酥点得香山小，卷上珠帘日未西。”至于“更向眉中分晓黛，岩边染出碧琅玕”，说明心灵手巧的宫女们还会利用画眉的青黛，把酥山局部地染成绿色！

看起来，古人的酥山也许在味道上比不上今天的冰淇淋好吃，但在“养眼”上却并不比今日逊色。今天的店家，顶多会在冰淇淋上插个小伞之类做装饰，但古人的酥山上，却要插满人工的彩树、彩花。和凝的《春光好》中，女主人公正是在春睡迟起之后，“玉指剪裁罗胜，金盘点缀酥山”，满怀着多情的心事，默默剪制绫罗的花朵，以装点那晶莹可口的大型奶油冰糕！

蜜沙冰·乳糖真雪

西风东渐，冰淇淋早成了最风行的夏日消暑美味，传统冷食“刨冰”本来已呈消亡之势。不料，它最近居然卷土重来，什么“红豆冰山”、“绿豆刨冰”、“水果沙冰”之类，花头不少。我是坚决的冰淇淋派，再说好像刨冰的复兴，与哈韩、哈日、哈港台的风气有关，也不是我这种80年代过来的崇欧崇美老一代能掺和上的事了。只是在一位时尚女友的带动下，尝过一回红豆刨冰，这才知道了如今有这么一种流行。老北京的刨冰是向冰凌上浇桂花酸梅汤，而红豆刨冰则更复杂些，要放上煮烂的甜红豆。不过，就算如此，红豆刨冰这种冷食，也实在算不上什么新鲜东西，这玩意很可能在宋代就有了。

在《宋史·礼志》中规定，“仆射、御史大夫、中丞、节度、留后、观察、内客省使、权知开封府”，这一级别的重臣，四时八节，

冰箱中堆满大冰块，起冷镇作用。（山西洪洞水神庙元代壁画局部）

皇帝都要有些特别的赏赐，其中，伏日这一天，要赏赐“蜜沙冰”。沙，当指“豆沙”，《东京梦华录》等宋代笔记都提到市面上卖的“澄沙团子”，《梦粱录》更提到“沙团”、“麝香豆沙团子”，《武林旧事》提到“豆沙馅”，由此可见豆沙在宋代很普遍。推测起来，“蜜沙冰”，就是浇上蜜、放上豆沙的冰，这不与“红豆刨冰”很接近吗？看起来，在宋朝的时候，每年暑伏这一天，皇宫中和重臣家所吃的冰食，和今天泡沫红茶馆之类时髦地方供应给新人类的那一口儿，还真差不多。

从“蜜沙冰”说起来，中国人吃冰食的传统是很长的。由于藏冰业的历史长久，到了唐宋时代，特别是在宋代，皇家和民间的藏冰活动都极具规模，在夏天，可以有大量的冰雪从冰窖中拿出来供给使用，民间的冰雪买卖更是活跃，这当然就促进了冰食的发展和普及。唐宋人把冰雪直接入口的方式主要有两种，一是冰雪化成的凉水，即冷饮，一种是敲成小块的冰块或未化的雪，这就是冰食了。在宋代，用冰雪制成的冷饮相当普遍，根本不是什么稀罕物，至少在京城中是如此。如《东京梦华录》中记汴梁六月“巷陌杂卖”，其中就有“冰雪凉水”，而且是“巷陌路口，桥门市井皆卖”，随便哪里都有出售，行街赶路的人随时都能买上一碗来解渴。有钱的人家，甚至义务地在街头路边“散暑药冰水”（《西湖老人繁胜录》），作为一种慈善行为，无偿向路人提供解暑药和冰水。这些“冰雪凉水”、“冰水”当然应该是冰雪融化而成的,或者,从节约成本的角度来考虑,它们更可能是以普通的冷水为主体,而向其中添加一些冰块或雪。

在更早的唐代,喝冰水虽然不像宋代这样普及到了市民阶层,不过在上层社会中也很流行。如韦应物著有一篇《冰赋》,其中就反复写到“饮”冰,有“饮之莹骨兮何所思”一类的句子,而文章最主要的意思,就是作者吹嘘自己如何说服了当时的一位王爷,让这位王爷相信饮冰对身体有害,“内热饮之,媒其疾也”。不过,韦应物的这种观点好像在当时还没有流行起来,上层社会一般都是很喜欢用喝冰水来去热解渴的,没那么多顾忌。冰水直接喝没有味道,所以还要加些甜味剂,这叫“调冰水”。杜甫在一首诗作(《陪诸贵公子丈八沟携妓纳凉,晚际遇雨》)中描写当时贵族的出游消夏的活动,一群人坐着船跑到“竹深”、“荷净”的幽凉之处,居然还把冰水也一同携带去了,并且是“公子调冰水”——贵公子很有兴致地来亲手进行调制。宋人袁去华《红林檎近》词中描写幽雅园池中的纳凉之夜,也是在“坐待月侵廊”之时“调冰荐饮”。至于调冰水时使用的加味料,主要是蜜,如宋人李之仪《鹧鸪天》中就描写一位“避暑佳人”“滤蜜调冰结绛霜”。

此外,宋代市面上出售的冷饮还有“绿豆、甘草冰雪凉水”

（上图）汴梁街头的冷饮摊。青伞下高挂“香饮子”字样的招牌，一位顾客正在摊前喝冷饮。
（下图）汴梁街头的另一处冷饮摊，青伞下挂有“饮子”字样的招牌。（宋·张择端《清明上河图》局部）

(《东京梦华录》“州桥夜市”)、“雪泡豆儿水”(《梦粱录》“夜市”)、“雪泡梅花酒”(《梦粱录》“茶肆”)、“雪泡缩脾饮”(《武林旧事》“凉水”),显然是在绿豆汤、甘草汤等饮料中掺入冰雪水,也可能是像今天喝可乐那样,向这些汤水中加入一些冰雪,起降温、冰镇作用。如“雪泡豆儿水”一项,既然是用雪“泡”,应该就是在豆汤中放入雪来进行冷浸。

除了喝冰雪水之外,把未融化的冰雪直接入口也很流行。如程颢有一首《食冰诗》,说是:“车倦人烦渴思长,岩中冰片玉成方。”显然,他“食”的是冰块。嚼冰块,还被认为是醒酒、解酒的好办法,如徐昌图《木兰花》:“红窗酒病嚼寒冰”,朱敦儒《春晓曲》中也有“玉人酒渴嚼春冰”之句。这说明宋人和唐人一样,都还不像后来的明清人那样讲究养生观念,体质也还没那么娇气,敢喝冰水,敢嚼冰块。(至于明清人的观念和实际情况,可以举贾宝玉这个极端的例子,这样一个十几岁的少年,竟然“素昔秉赋柔脆,虽暑月不敢用冰,只以新汲井水,将茶连壶浸在盆内,不时更换,取其凉意而已”,更别提喝冰水、嚼冰块了。)从冰窖中取出的藏冰,当然都是大块的,所以,人们在吃冰之前,首先要把大块的冰敲成小块,于是,在唐宋诗词中,就有提到敲冰这一程序的,如唐人唐彦谦《叙别》诗中提到:“碧碗敲冰分蔗浆。”相传为欧阳修所作、描写一年十二月景的一组《渔家傲》词中也有“六月炎天时霎雨……碧碗敲冰倾玉处”之句。

冰敲成碎块之后，也还要加甜料，吃起来才有滋味。后世的刨冰一般是浇桂花酸梅汤。酸梅汤的历史是很长远的，《千金方》中就提到了乌梅汤，而宋代笔记如《武林旧事》也提到“卤梅水”。不过，在唐宋时代，好像人们还没有把酸梅汤和冰块拉到一起，那时有另外的时髦。唐彦谦《叙别》诗中说“碧碗敲冰分蔗浆”，似乎是说，人们把蔗浆作为冰块的浇卤。蔗浆，就是甘蔗榨出的浆汁，是在唐代风行过的一种甜料，其作用接近后世的玫瑰卤、桂花卤。它在唐代受重视不是偶然的，与甘蔗种植和蔗糖在中原地区开始推广有关。不过，在唐代，蔗糖的制作技术虽然已经成熟，但似乎还不十分普及，于是，蔗浆这种几乎不经技术加工的糖料就很流行。蔗浆的贮藏似乎比较麻烦，必须要保存在冰窖中，所以，它也就被看成一种很高档的食品，吃蔗浆，在唐人那里，往往与精致讲究的口味享受联系在一起。暮春吃樱桃尝新，要浇蔗浆，盛夏吃冰，也要浇蔗浆。

到了宋代之后，蔗糖技术普遍推广，蔗糖制品，如砂糖（“糖霜”）、冰糖等等，变成了非常便宜的日常生活用品，蔗浆的角色也就不再重要了，虽然在宋人的诗文中还偶有提及，但是作用已经不大，终究逐渐退出了饮食史的舞台。有意思的是，《西湖老人繁胜录》“诸般水名”中列出一种“乳糖真雪”，推测起来，应当是向白雪中加“乳糖”。据《本草纲目》“石蜜”条,“以石蜜和牛乳、酥酪做成饼块者为乳糖”,而“石蜜”就是“白砂糖”。这样说起来,乳糖简直就和今天的“大白兔”之类牛奶糖的基本元素很接近了。这种宋代的牛奶糖究竟怎样和“真雪”结合在一起,如今已经没法推测,《梦粱录》卷十三提到一种“乳糖浇”,难道乳糖可以被做成黏稠的糊状,当做一种浇头吗?莫非“乳糖真雪”就是把黏稠的乳糖浇头倾倒在白雪上?这可越说越有冰淇淋的味道了,我们还是就此赶紧打住,不要再妄猜下去。总而言之,宋代人口福不浅,是无可怀疑了。另外,从往冰块上浇蔗浆,到把乳糖与真雪相结合,发生在冰食上的调味甜料的改变,也恰恰从一个侧面反映出糖这种重要食品在唐宋之际的进展情况。

不过,在《东京梦华录》等笔记中,市井叫卖的冰食,倒是不见类似“蜜沙冰”的,而《宋史》又写明,只有高级官员在伏日这一天能够有幸受赐到这一种冰食,也许“蜜沙冰”在当时还是一种皇宫中特制的御用食品,宫外轻易不能尝到的吧。有“公主梦”、“皇妃梦”的女孩子,不妨去“哈”一“哈”宋,叫上一客“红豆刨冰”,然后一边用一勺勺甜冰凌把嘴巴冰个透凉,一边给自己编一个红颜薄命的故事,时间是一千年前一个蝉鸣柳静的盛夏午后,一只金盘内盛满蜜沙冰,被捧出了珠帘,于是一切就此开始了……

花露天香

扬之水《琉璃瓶与蔷薇水》一文，敏锐地意识到了玻璃瓶与香水之间奇特的因缘，应该说，这是很了不起的学术眼光。读过她这篇文章之后，我蓦地想起多年前在报纸上看到的一篇闲文，写今天的巴黎香水业界如何重视玻璃香水瓶的设计，因为这是“为香水的灵魂寻找一个安居的家”（大意如此）；想起也是在某杂志中随意翻过的另一篇闲文，介绍现代香水制造的初步程序——在埃及，每年玫瑰花开的时节，当地贫穷的女孩子如何没日没夜地采摘玫瑰花，以赚取菲薄的收入。在这个似乎永远在承受巨大变化的世界上，居然有一些古老的方式始终不变，而且是围绕着香水这一最灵幻的人造之物，这让人惊异，也让人惘然。

当然，《琉璃瓶与蔷薇水》的最要紧处，是探讨了玻璃瓶装香水这一异域的文明现象如何进入中国文化，并产生意义。也是在读了这篇文章之后，我才突然有了另一种眼光，去看待《红楼梦》中的这一情节：

> 王夫人道："嗳哟，你何不早来和我说？前日倒有人送了几瓶子香露来。原要给他一点子，我怕胡遭塌了，就没给。既是他嫌那玫瑰膏子吃絮了，把这个拿两瓶子去，一碗水里只用挑上一茶匙，就香的了不得呢。"说着，就唤彩云来："把前日的那几瓶香露拿了来。"袭人道："只拿两瓶来罢，多也白遭塌。等不够再来取也是一样。"彩云听了，去了半日，果然拿了两瓶来付与袭人。袭人看时，只见两个玻璃小瓶却有三寸大小，上面螺丝银盖，鹅黄笺上写着"木樨清露"，那一个写着"玫瑰清露"。袭人笑道："好尊贵东西！这么个小瓶儿，能有多少？"王夫人道："那是进上的，你没看见鹅黄笺子？你好生替他收着，别遭塌了。"（第三十四回）

原来以为，这里说的"香露"，也不过就是"酸梅膏"、"秋梨膏"一类的东西。经扬之水一点拨，才恍然大悟，此处的这个细节并不简单，在其中闪烁着的，是一种古老深长的异域文化的影响。"木樨清露"、"玫瑰清露"，说白了就是"桂花露"、"玫瑰花

辽代陈国公主墓出土琉璃瓶，应为蔷薇水瓶。

9—10世纪埃及玻璃刻花蔷薇水瓶。
（引自由水常雄《香水瓶》）

露”，而花露，在明清有两种含义：一是指本土用蒸馏法制成的香水；二则是指西洋生产的香水。

不知道为什么今天会流行“香水”这个称呼，“香水”一词，似乎最早是从佛经中来的。明清时期也偶有用此称呼者，不过，一般的情况是更习惯于把异域传来的香水称做“花露”，如《大清会典则例》卷九十三记载，康熙九年“西洋国王阿丰素”送给清廷的礼物，就有“金银乳香、花露、花幔”等物，康熙十三年“荷兰国王”送给大清皇后的礼物则有“蔷薇露”。来自异域的“蔷薇水”或“蔷薇露”，实际上应该是指经典的玫瑰香水。只不过，到了明清时期，蔷薇露等花露的主要生产地和出口国，已经从西亚、中亚地区转移到了欧洲。欧洲的香水产品经过了近代化的过程，在原料、配方、工艺上都有种种的革新，因此，种类就不再限于古老的玫瑰香水“蔷薇露”，而有了多种的变化。晚清人王韬《海陬冶游录》中就谈道：“近日所行玫瑰洋皂亦能滑肤，微嫌其气韵不能入时。至其琉璃瓶中各种花露，奇馥扑鼻，真有衣蔽而香不灭之妙。”然而古老的习惯仍然继续着，欧洲现代的“花露”，始终装盛在“琉璃瓶”——玻璃瓶里，直到今天。

花露一词，不仅比香水来得更有诗意，而且其实相当真切地反映了这种香液最初的制造方式——把鲜花放在特定的器皿中进行蒸馏，花瓣中的香精被蒸发出来，混入蒸馏出的水汽中，带有香气的蒸汽重新凝结成液，便得了分晓。中国人早在青铜时代就发明了使用蒸汽煮饭的“甑”，晓得用蒸汽来造饭，晋代就有了用蒸锅蒸出来的烧卖——牢丸，但是，却没想到用蒸馏工艺来造香水。在花露传入之前，中国人制造类似简易香水的办法，只有一个，煮。具体来说，就是在洗澡之前，把香料放在洗澡水中去煮，把洗澡水煮得喷喷香，这样，人在洗澡的过程中，身体也就沾染上了香气。制造美容、化妆用的香膏、香油的方法，则是煎——小火慢熬。比如最早的“摩丝”与“焗油”——

五代王处直墓壁画中，立在梳妆用具中的这只细颈瓶，很可能是香水瓶。

女性用来涂抹头发的“兰泽”，就是把兰草等几种香料与猪油、芝麻油一起慢慢熬。

因此，蔷薇露在晚唐、五代时期刚刚传入中国的时候，是让人们很惊异的。那时的人完全猜不出它是怎么得来的，于是产生了一种说法，以为是采集蔷薇花上的露水而成。但是，到了宋代，人们就逐步了解到制造蔷薇露的秘密。宋人蔡条在其所著《铁围山丛谈》卷五中，就不仅批驳了“蔷薇水乃外国采蔷薇花上露水”的“旧说”，很正确地指出“实用白金为甑，采蔷薇花蒸气成水，则屡采屡蒸，积而为香，此所以不败”，最重要的是，他传递了一条很关键的消息：“至五羊效外国造香，则不能得蔷薇，第取素馨茉莉为之，亦足袭人鼻观，但视大食真蔷薇水，犹奴尔。”也就是说，在宋代，首先是在广州一带开始了仿效异域制作花露的方法，只是本土产品在原料和成果两方面都与原产的阿拉伯香水无法相比。（关于这一过程，《琉璃瓶与蔷薇水》一文阐述得非常详细，兹不赘述。）

不管怎么说，用蒸馏方法制造花露的方法，是被引入了中国，并且从此流传开了。到了明清时期，这种制作花露的方法变得相当的普遍，而且流行富贵人家自己蒸制。清人顾仲《养小录》中就介绍了制作“诸花露”的方法：“仿烧酒锡甑、木桶减小样，制一具，蒸诸香露。”李渔《笠翁偶集》“熏陶”中也提到：“花露者，摘取花瓣入甑，酝酿而成者也。蔷薇最上，群花次之。”《养小录》中说得很明确，蒸花露的工具，是仿照造烧酒的工具而成，只是尺寸缩小而已。烧酒恰恰采用蒸馏工艺，李时珍《本草纲目》卷二十五“烧酒”即谈道：“烧酒……用浓酒和糟，入甑蒸，令气上，用器承取滴露。……近惟以糯米或粳米或黍或秫或大枣蒸熟，和麴入瓮中七日，以甑蒸取。其清如水，味极浓烈，盖酒露也。”烧酒因为是酒水蒸馏出的精华，所以被称为“酒露”；花露的得名，显然也是出于同样的道理，《养小录》中所说的“蒸诸香露”，意思不是蒸馒头的“蒸”，而是指“蒸馏”，也就是李时珍介绍烧酒工艺时所说的“入甑蒸，令气上，用器承取滴露”这一过程。古代文献中提到蒸馏工艺，往往简单地以一“蒸”字来概括，这是特别需要注意的。

这样“蒸”出来的花露，在李渔看来，用作美容是最好不过的：“然用不须多，每于盥浴之后，挹取数匙入掌，拭面拍体而匀之，此香此味，妙在似花非花，是露非露，有其芬芳而无其气息，是以为佳。不似他种香气，或速或沉，是兰是桂，一嗅即知者也。”每天洗脸之后，用花露匀拍在脸上；洗澡之后，也用花露遍身拍拭。其妙处是香气天然，清新而不刺鼻，让人很难猜到香源的出处。但是，看得出来，这样的花露并不是很流行，李笠翁说：“富贵人家，则需花露。”恰恰说明花露不是很好弄到的东西。

至于蒸花露的具体工艺，明人周嘉胄《香乘》卷二十四引《墨娥小录·香谱》，记录了“取百花香水”之法：“采百花头，满甑装之，上以盆合盖，周回络以竹筒，半破，就取蒸下倒流香水，贮用，谓之花香。此广南真法，极妙。”看得出来，这一“取百花香水”的“广南真法”，正是采用了蒸馏工艺。实际上，这里是自制了一个简易的蒸馏器：把各种鲜花装在甑中，将甑放置在蒸锅上，上面用一只盆倒扣过来，把甑盖严，就使得甑筒内形成了一个封闭性的空间；甑底是布满孔眼的，大火猛蒸之下，锅中热水产生的蒸汽会通过甑底的孔眼上升到甑筒中;此时,倒扣在甑上的盆,就起到了蒸馏器设备中的冷却器之穹隆顶的作用,从甑下冲上来的蒸汽,会带着百花遇热分解出来的香精,一直升到倒覆的盆底上,并在盆底面上凝结成水,然后,再沿着倒扣盆的穹面四下滴流;悬挂在盆周围的一圈竹筒,则相当于蒸馏器中的引流管、贮存器,把沿盆底流下的带香凝露承接住,收集起来。这一方法确实是采用了以蒸馏法制香水的基本工艺,不过,使用的器具是真够原始的,技术手法也仅停留在最初级的阶段。《养小录》说,蒸花露的工具是"仿烧酒锡甑、木桶减小样,制一具",大概比《墨娥小录》中介绍的工具要来得专业一些,但是,在具体的加工步骤上,似乎也就是《墨娥小录》所呈现的水准。从各种简略的记录来推测,传统上花露的蒸馏工艺总的来说就是这么简单,没有太多复杂的加工过程。这种从日常生活用具中取材、因陋就简制香水的好处,是便于家庭自制,只要有炉灶、一口大蒸锅、一只南方用的木或砂饭甑(北方的竹篾蒸笼圈怕是不行),以及竹筒若干,人人都可以 DIY 一把。要是按照现在时髦的观点,这样得来的产品倒是纯天然的,是有机的、绿色的,但是,加工工艺的简单,必然影响到香水的质量。如此简单的蒸馏处理,在对花中香精的提取上,在所得香液的精纯度上,当然大有欠缺。如果每洗一次脸都要费掉好几小勺的香水,

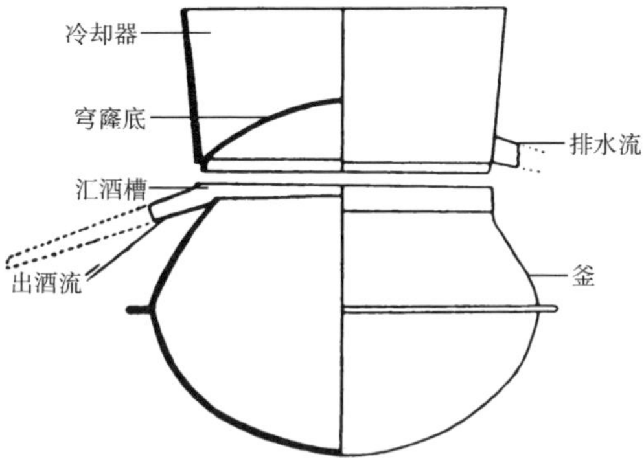

承德青龙出土元代青铜蒸酒器结构示意图。

这就说明该产品的香气实在缺乏“浓缩精华”的品质，在香气的浓烈程度方面，效果不理想。正是在这种国货质量的对比之下，无论是大食来的蔷薇水，还是后来西洋来的各种花露，其馥郁浓烈，就每每让国人惊呼，异国花露也就永远保持着神奇的魅力。

也许就是因为工艺简单、质量不过关的原因，花露的制作在传统中国从来就没有形成一种重要的产业，没有成为重要的商品。据清末人顾禄《桐桥倚棹录》记载，当时“吴市”有花露作为商品销售，最有趣的是，其中质量最好的精品，是出于佛门僧人们之手，这种“山僧”所制的花露，主要在虎丘仰苏楼、静月轩两处可以买到。不过，习惯上，富贵人家还是讲究自制花露，实际上这种不急之务也只有富贵人家才倒腾得起。一家一户能制作的花露终究不可能量太大，可是用起来却要几勺、几勺的使，这大概是花露——香水在古代中国始终没有真正流行起来的原因。《红楼梦》中一处很有名的情节“喜出望外平儿理妆”，其中写道：

> 平儿……然后看见胭脂，也不是一张，却是一个小小的白玉盒子，里面盛着一盒，如玫瑰膏子一样。宝玉笑道：“铺子里卖的胭脂不干净，颜色也薄，这是上好的胭脂拧出汁子来淘澄净了，配了花露蒸成的。只要细簪子挑一点儿，抹在唇上足够了，用一点水化开，抹在手心里，就够拍脸的了。”平儿依言妆饰，果见鲜艳异常，且又甜香满颊。

倒是很具体地介绍了花露在化妆品中所起的效用。上好的胭脂挤出汁水，反复过滤之后，再调上花露，进行蒸馏加工。有意思的是，这里不仅涉及了蒸馏而成的花露，而且写出了对蒸馏工艺的进一步发挥——把胭脂汁和花露配在一起做二度加工，得出的成果，是如“玫瑰膏子”一般澄莹的精华物。平儿用了这胭脂之后，不仅唇、面“鲜艳异常”，而且“甜香满颊”，正是因

从唐代起，蔷薇架就是园林中常见的景致（见图左）。（清·陈枚《月曼清游册》之十）

为其中有花露，散发着“似花非花，是露非露，有其芬芳而无其气息”的妙韵。难怪宝玉当初急着去学堂与风流情友秦钟会合，还放心不下家里制胭脂膏子的事，临出门前对黛玉郑重叮咛：“好妹妹……那胭脂膏子也等我来再制”（第九回）。这么香红氤氲的过程，又是这么甜美澄莹的结果，那是可以任其落于旁人之手的吗？

然而，像宝玉这样情性的人，好像还是不多。说起来也不是很让人意外的，花露在咱们这里走出了一条富有中国特色的道路，此物虽然在一开始是作为香衣、香身的美容物品而登陆中国,一旦本土化之后,却拐了一个弯,直奔口腹之欲而去了。李渔最近重新走红, 因为据说他特别懂得女人和生活的情趣,这种看法倒也不差:说到美女离不得香气,他就把花露郑重推荐给了古今的美女们;但一谈起饮食之道,他又像变魔术一样,再次推出了花露,天才地发明了一种用花露拌饭的方法:“宴客者有时用饭,必较家常所食者稍精。精用何法?曰:使之有香而已矣。予尝授意小妇,预设花露一盏,俟饭之初熟而浇之,浇过稍闭,拌匀而后入碗。食者归功于谷米,诧为异种而讯之,不知其为寻常五谷也。此法秘之已久,今始告人。……露以蔷薇、香橼、桂花三种为上,勿用玫瑰,以玫瑰之香,食者易辨,知非谷性所有。蔷薇、香橼、桂花三种,与谷性之香者相若,使人难辨,故用之”(《闲情偶寄》“饮馔部·谷食·粥饭”)。当米饭刚熟的时候,用蔷薇、香橼或者桂花的花露浇到饭上,盖上锅盖焖一会,然后拌匀,盛碗,效果是普通米饭带有了异样的香气,仿佛什么珍奇食物一般。

花露拌饭,实在是很有想象力的一种实践,大概属于李渔个人的天才发挥。《养小录》中把花露归在“饮之属”,列举了当时更通行的用法:“入汤代茶,种种益人。入酒增味,调汁制饵,无所不宜。”花露兑水,可以作为茶水的代饮品;另外还可以加入酒中,做成花露酒;或者作为调味品,在制作味汁、甜品时使用。《红楼梦》中的“木樨清露”、“玫瑰清露”，显然正是属于这一本土传统，小说中很具体地写到，玫瑰露是用凉水冲兑了，当饮料喝。有意思的是，由于异国熏香用的花露总是以玻璃瓶盛装，这一长远风俗对中国文化有着持久的熏陶，结果，两种作为饮料的花露，也被一本正经地盛在“螺丝银盖”的欧式玻璃小瓶里。在曹雪芹生活的时代，这种玻璃瓶，或者是从欧洲直接进口的，或者是在本土仿制欧洲制品而成的，本身就贵得很呢。

中国土产的花露，作为入口之物看来倒是很成功。那“玫瑰清露”，是“胭脂一般的汁子”（第六十回），“一碗水里只用挑上一茶匙，就香的了不得呢”。当然，这里所写的花露也实在非同一般，是“进上”的——王公贵族或地方大吏特制出来进奉皇上的。秦一民先生所著《红楼梦饮食谱》（山东画报出版社，2003年）“木樨玫瑰两清露”一节中就指出，曹雪芹的祖父曹寅在1697年夏天曾经向康熙皇帝进献过玫瑰露八罐。所以说，曹雪芹在这里的描写完全是现实主义的，是不加任何夸张地反映了那一时代大贵族生活的真实状况。从小说中所写其色状、其盛器、其鹅黄笺子，就可以想象这两小瓶花露的高贵不凡，曹家进献康熙的那八罐玫瑰露，想来也该是采用类似的包装形式吧。怪不得王夫人和袭人都担心花露会被宝玉随便糟蹋了。当然，这两个人是最了解宝玉的，不出她二人所料，这么贵重的东西，果然就被宝玉与芳官一起联手给“糟蹋”了。本来是专门奉献给皇帝的香露，被他俩转手送给了厨娘的女儿五儿，结果还惹出一场理不清头绪的乱子。要说富家孩子怎么糟蹋东西，如果没有亲身的生活经历，还真是难以想象，会是这么样的糟蹋法。当然，宝玉的行为，完全不可以按照王夫人或我们的俗眼来衡量，他那样做，有着他自己的充足的理由，体现着他一贯的思想逻辑——五儿是个美丽的女孩儿。

无论是蔷薇花露拌米饭，还是玫瑰露冲成的冰凉饮料，在今天都是享受不到了。显然，必须有鲜花蒸馏成的天然花露，才能做出那样的美味来，而古老的花露，是早就绝迹了。风水轮流转，最近的时髦，是什么都讲天然、有机，女士们都时兴喝干花瓣泡的花茶。那么能不能干脆把花露也复兴起来呢？我当年曾经依照一本台湾食谱的指点，用装速溶咖啡的玻璃瓶做四川泡菜，效果奇佳，方便干净，是符合现代人生活方式的改良。实际上，按照《香乘》中的介绍，蒸花露的工具，在原理上与煮意大利式咖啡（即 Espresso）的那种家用咖啡壶的设计基本相通。不知道有没有高人可以发明什么方法，用这种咖啡壶，或者其他形式的咖啡蒸馏器来制天然花露？如果此路能通的话，那么女士们就可以在家中置办一只咖啡壶或一台咖啡机，回家前买几把鲜花，在入浴前把花瓣放到咖啡机里，揿下开关；等出浴之后，花露也就蒸成了吧，先用它来拍润肌肤；然后来一杯花露茶。最后，还可以照李渔的方法，轻松地做一碗花露拌饭。当此时节，简直可以幻想自己就是那吃花的香香公主了，而且这一切从环保方面来说是回归自然的，从健康之道来说是低脂的，还是如今最倡导的 DIY。当然，不知道咖啡的蒸馏与花露的蒸馏是否同一工艺原理，也许我这里只是在胡思乱想。但即使是胡想，也还是挺诱人的。据《养小录》介绍，“凡诸花及诸叶香者，俱可蒸露”，并且列出了三十四种的花、叶，从橘叶到玫瑰、茉莉、梅花、玉簪花、玉兰花，都是蒸香露的好原料。《桐桥倚棹录》还一一举出了各种花露的滋补益处。这些与世无害的古老生活经验，似乎也确实不应该被轻易放弃的啊。

宋·佚名《荷亭对弈图》

怡红院的“各色玫瑰芍药花瓣装的玉色夹纱新枕头”与“青纱连二枕”一样，散发着天然花朵的清香之气，是其不可抗拒的迷人之处。倚着这样的枕头读书、与朋友闲谈，是很清雅的享受；枕着一囊杂花入睡，连梦境都是在花香的弥漫中绽开，自然神清气爽，做噩梦的机会减少，睡眠质量提高。所以，古人提倡这种“香花芯枕”，不仅是为了给生活增添诗意，也是保健、养生的一种方式。

利用玫瑰花、桂花等天然香花、香草，让日常起居当中，乃至自己的身体上，随时散荡着大自然的清气，这本来是传统中国的富贵阶级最习惯的做法。

《讲学图》画像砖。(四川成都青杠乡东汉墓出土)

得几而止

庄子《齐物论》开篇曰:“南郭子綦隐几而坐,仰天而嘘……”对于这里提到的“几”,当代的注释家往往解释为“案”或“几案”、“桌子”。这是按照今天“茶几”、“书几”之类的概念,以为“几”无非是桌子一类的家具。如果这样理解,那么南郭子綦当时就是靠在“案”,也就是矮桌子上。

我们都有把身体倚靠在桌子上的经验,毕竟这是个不讲仪态和教养的时代,大家逮哪儿靠哪儿,随便得很。因此,从我们的切身经验去理解古人的生活,以为南郭子綦也喜欢倚靠桌子,这似乎不成问题。然而问题是有的。其问题在于:在人们席地而坐的时代,盛放食物、器物的案相应地都非常的矮。西汉马王堆一号墓中出土的一张漆案实物,高度只有 5 厘米。我们都知道,中国家具史的发展规律,是在时间进程当中,随着坐具逐渐增高,桌类家具也逐渐增高。先秦与汉代一样,都是属于席地

西汉马王堆出土漆几。

西汉马王堆出土漆案，出土时盛放着成套饮食具。

而坐的时期,因此,先秦时候人们使用的案,其高度应该不会与西汉的案有太多差距——实际上,从战国楚墓中出土的漆案实物也确实非常低矮。如果那时的案都是这样矮塌塌的家什,人体想要靠上去,还真不那么容易,恐怕只有人整个儿地匍匐到地面上,或把自己仰天彻底放倒,才能就着那案子。另外,汉代艺术,比如东汉画像石,把古人使用“案”的方式表现得很清楚:案不是放在坐席上面,而是摆放在坐席前的地面上。如果先秦的用案方式与汉代一样,那么,南郭子綦如果想要靠上案子,不仅要满地打着滚儿去适应案的高度,而且还要把头和脖子、肩膀等身体部位探出坐席去,这样才能将就到放在地上的案。这也太难为了他一点。换句话说,根据汉案的情况来看,在席地而坐的时代,一个人只要还想保持起码的坐姿,就不可能靠到“案”上。

当然,我们可以解释说,此时的南郭子綦已经形如槁木,心如死灰,进入了一种很升华的状态,所以就像前卫艺术家一样,故意地怎么别扭怎么来。可是,从文献中可以看到,古人似乎都特别喜欢往“几”上靠。如《尚书·顾命》中,周成王在病势危重的情况下,“凭玉几”而对大臣们郑重发出遗命。《西京杂记》中记载汉人邹阳的《几赋》,是咏“几”的专篇,末云:“君王凭之,圣德日跻。”东汉许慎《说文解字》(以下简称《说文》):“凭,依几也。”

清人段玉裁注（以下简称段注）："依者，倚也。"所以，凭几的意思，其实就是"依几"、"倚几"。古代文学中提到"几"的时候，还常用到另外一个动词，这就是"隐"，如《孟子·公孙子丑》提到孟子"隐几而卧"，《战国策·燕策》提到"隐几据杖"，再如《世说新语·贤媛》："韩康伯母隐古几毁坏。卞鞠见几恶，欲易之。答曰：'我若不隐此，汝何以得见古物也？'"据《说文》，"隐"本当为"㥯"，其义为："有所依也。"因此，"隐几"同样是"依几"。（在古人那里，"凭几"与"隐几"是两种不同的"依几"状态，有着不同的含义。对此需另述。）总之，古人提到"几"，都是在说如何地"依"它，《战国策》中还提到"设机（几）而不倚"，说来说去，"几"总是与人的身体分不开，特别是与人依靠的姿势分不开。如果我们坚持说"几"与那时的矮案是一回事，就实在讲不通了。要是帝王真的天天滚倒在地，赖在一张贴地的矮案子上，又怎么可能"圣德日跻"？臣子拍马屁，也不能这么没水准。所以，南郭子綦所使用的那张"几"，与当时日常使用的、盛放东西的"案"，彼此有所区别，这一点，首先应该明确。

我们今天关注庄子，注意力当然是在于挖掘其深刻的哲学内涵，光大其精妙的东方文化精神，"几"是不是矮桌子，南郭子綦究竟靠的是一件什么样的家具，这本是无关紧要的细节，用不着上心的。不过，就在这种不上心中，相关的解释可是有点越

凭几戴胜的西王母。(山东嘉祥洪山村东汉画像石)

来越离谱，比如，有人告诉我们说，南郭子綦当时是依在“靠椅”上，超越时代，早早就过上了唐宋人的生活方式；甚至有人说这老先生是坐在炕上，靠着“炕几”、“炕桌”，仿佛他或庄子闯过关东，成了“东北银(人)”。这样的释译让人读来实在感到很吃惊。其实，关于什么是古代的“几”，那时候“几”与“案”的区别，考古界、文博界的一些学者，特别是致力于家具史研究的专家们，都做出了很具体的考证，如杨泓先生就有《隐几》和《家具演变和生活习俗》(见《文物丛谈》一书)二文，只要读过就不至于产生那样离奇的误会。

不过，要把相关的情况进一步弄清楚，还得从《山海经》说起。据《山海经·海内北经》："西王母梯几而戴胜。"何谓"梯几"呢？晋人郭璞注曰："梯，谓凭也。"这样一说，则"梯几"就是"凭几"，西王母也是一位喜欢挨靠"几"的。对我们来说非常幸运的是，西王母是东汉画像石艺术的重点表现对象。在一些东汉画像石，比如山东嘉祥洪山村出土的画像石上，端坐的西王母面前，放置有一器，该器有一横向平面，其下两边各有一排细棍组成的一组支足。这一形式，与西汉马王堆三号墓出土的一件漆"几"的实物完全相同。马王堆漆几，正是由两组支足支撑起一个窄长的平面，每组支足各由四条细棍组成。有意思的是，这两组支足又备有长、短两种类型，可以根据实际需要随时拆、装变换，所以"遣策"中称其为"漆画木变机（几）"。出土物与图像资料相印证，一方面，明确了马王堆"漆画木变机（几）"就是古人所凭、所依的那种"几"；另一方面，也证明画像石表现的，正是西王母"梯几"即"凭几"的经典形象。（早就有专家考证指出，东汉画像石中的西王母头上所戴饰物即为"胜"，因此是在表现西王母"戴胜"这一细节，可见这一艺术对《山海经》中西王母形象的再现相当忠实。）

我们看到，画像石上的西王母，是正面端坐，几就放置在她的正前方，她双手合拢，两条前臂一直到肘部，都放置在几面

案放置在坐席前的地上。(四川成都出土汉画像砖)

上。这,应该就是汉代人观念中的“梯几”即“凭几”的姿势了。事实上,西王母并不孤独,与她采取同样姿态的形象,在东汉画像石、画像砖中频频出现,包括东王公、战争场面中的主帅等等。不过,最常出现这种形象的,是所谓“家居”或“拜谒”的场面,在这些场面中,位于中心位置的男主人都像西王母一样,凭几安坐,接受其他人的服侍或拜谒。这些人物不仅姿态一致,就是面前那张几的形式,也与西王母所梯之几、与马王堆“漆画木变机”完全相同。其中,最重要的要算四川成都青杠乡东汉墓出土的“讲学图”画像砖，这里非常生动具体地再现了汉代儒师授学的场面，其中，儒师坐于席上，面前放置着一张几。(在这张几上，还覆盖着织物，忠实地反映了当时冷天在几上盖几巾的风俗。)儒师与西王母一样，把双手合拢在袖管里，就是所谓“抄着手”、“袖着手”，然后把手和双臂都放置在几面上，向着恭坐两旁的弟子们循循授教。在“家居”、“讲学”等表现日常生活场景的写实题材中，频频出现这样姿态的人物，可以推测，艺术家如此描绘，是在反映当时真实的生活风俗，是在反映那个时代现实生活中人们使用几的普遍方式。由此也可见，汉代艺术家们在表现西王母“梯几”的神话场面时，完全是按照着现实生活的样子来进行。看起来，西王母的姿态，恰恰是展示了古人“凭几”的标准方式。

“讲学图”以非常熟练的艺术手法，把儒师处理成四分之三侧面的形象，这就使我们可以很清楚地看到他的坐姿。他采用的是跪坐的姿态，这，或许可以解释古人爱倚靠“几”的原因。首先，最重要的原因，是人们坐在席子上，周围没有任何靠背、扶手一类的东西可以依靠，所以就发明了专用的器具来让身体有所依凭，这就是“几”。其次，推测起来，人在跪坐的情况下，身体重心向前，人体不自觉地就要向前倾，所以，在正常情况下，使用几时，是将几放置在身前，人把手臂放在几面上，由此来获得一个支点，舒缓身体的紧张。（但“隐几”是一种特殊的姿态，限于篇幅，只能专文另述。）在画像石中，有些凭几的人物被表现成侧面的形象，这时可以清楚看出他们都是采取跪坐的姿势。也可以说，正是由于跪坐的姿态造成人的身体重心向前，在这种情况下很难向后仰靠，所以才造成当时生活中长期没有靠背类家具的出现，相反，人们倒想到了在身前放置一个专门家具来支撑身体。

由此可知，几是特定的起居风俗的产物。南郭子綦完全用不着去凑合低矮的案，他像当时很多有身份的人一样，家当里有专门的几，就是为了凭靠身体用的。实际上，在战国楚墓中，就出土有与“漆画木变机”形式大致相同的漆几实物。利用马王堆出土物，正好可以开展案与几的比较：案高仅 5 厘米，但案面长 76.5 厘米，宽 46.5 厘米，可以放整套的食具；几如果装上长足，明显要比案高出许多，但几面长 90.5 厘米，宽却仅 15.8 厘米，是个狭长条。这样的狭长几面当然不方便放置物品，这也不奇怪，因为它本就不是为承物而设，它唯一要搁放的，就是人的一双手臂。《说文》释“几”字时说：“象形。”段注：“象其高而上平可倚，下有足。”说得非常确切，几的平面，就是为了要让人体来倚的。

其实，在《说文解字》中，许慎对“几”的定义、解释都是非常清楚的，因为这里涉及的正是他生活其中的日常风俗。他虽然说“案”为“几属”，但在涉及“几”时，从来不说它有承物的意义，而一再明确地指出它是供人凭依的。如释“几”：“几，凥(居)几也。象形。”段玉裁注得非常详细：“凥(居)几者，谓人所凥(居)之几也。凥(居)，処(处)也；処(处)，止也。古之凥，今悉改为居……古人坐而凭几。”(括弧中字为作者加，下同)“古人坐而凭几”，正点明了中国古代曾经长期存在的一项生活风俗。

这一风俗延续了相当长的时间，大约一直到唐代中期，随着人们坐姿的改变，随着高椅、靠背椅等新式家具的风行，才基本消失。有意思的是，许慎说几字“象形”，这是指汉代及汉以前“漆画木变机”这样的两足几而言的。在长期使用中，人们为了适应身体舒服的需要，不断对几改良，到了魏晋南北朝时期，几已经变成了一种很特殊的形式：几面缩减成了条棍状，呈弧形，相应地，在弧形几面下安有三个外撇的支足，足端一般都做成兽爪状。其实，邹阳《几赋》里所咏的几，就已经是这种弧形的三足几了。三足几的陶制明器，在南朝墓中多有出土，往往放在象征士大夫生活方式的陶牛车、陶坐榻上。汉代墓室艺术中的时髦在此时也仍然流行着，墓主人都要把自己表现成这样的形象：穿着士大夫的时尚服饰，身前放置一个三足几，一只手扶在几上，另一只手拿着一柄麈尾，俨然一副清谈的模样。从中可以看到，几的样子虽然变了，但人们使用它的方式还是没变，仍然是将其置于身前，把手臂放在几上。三足几的好处是“以人为本”，其弧形的几面环绕着人体，无论是搁置手臂还是倾靠身体，都让人感到更舒适、更自在。

实际上，这个时期的艺术中，几是个常常露脸的角色，只要是贵族、士大夫的形象，什么敦煌壁画中的维摩诘、《古帝王图》中的陈文帝，身前一律安有三足几。另外，两足几也没有消失，《古帝王图》中的陈宣帝，《步辇图》中的唐太宗，都作为著名的男模特，给后世好好展示了一下在步辇上“凭几”的方式：这时期，人们的坐姿已经改为盘腿而坐了，但几置于身前，用以搁置双臂的形式却还没有变。这些例子，正可说明“古人坐而凭几”的风俗，说明在人们习惯席地或坐矮榻的时代，以几来支持身体，是最日常的起居形式。而三足几的流行，更说明在古人那里，几与案不仅有区别，而且一度还距离越拉越大。实际上，由于几是专用来供人凭和隐的，所以，从汉末开始，人们干脆呼之为“凭几”、“隐几”，以致这两个词同时既可以当名词用，又可以当动词用。

从这个角度来看，弄清几的本义，也并非全然无关紧要。打个比方，在先秦到唐代前期的这漫长时段里，你如果从一个体面人家的厅堂窗口望进去，多半会看到这家的主人正凭几而

凭几而坐的统帅。（山东嘉祥五老洼东汉画像石）

坐，这就如同在今天望进谁家客厅的窗口，多半会看到一家人坐在沙发上一样，是最自然和普遍的事情，是最日常可见的生活状态。当然，古代生活不像如今这样讲究舒适和民主，今天，客厅里的沙发无论男女老幼谁都可以坐，但在古人那里这样的风格可行不通。几在什么情况下可以凭，由谁来凭，怎样凭，还是摆在那里但故意不去凭，在古代生活中都是大有门道的。实际上，通过《周礼》等经典可以看出，几的陈设和使用，在先秦时代已经成了“礼”的一部分，在实用之外还被赋予了仪式化的象征意义。

根据许慎在《说文解字》中的观点，我们今天最常用的三个

墓主冬寿手持麈尾、凭几而坐的“标准照”。（朝鲜安岳十六国时期冬寿墓壁画）

字,“凭”、“居”、“处”,都与古代用几的风俗有关。“凭”是“依几也”,居字本应为“尻”:“処(处)也。从尸几。尸得几而止也。”段注:“凡尸得几谓之尻。尸即人也。”这就是说,居的古字“尻”,就是人靠着几而坐这一生活方式的象形。而处的古字为“処”:“止也。从夂几。夂得几而止也。”至于“夂”的意思是:“从后至也。象人两胫后有致之者。”“胫”是“膝下踝上”(段注)的那一段小腿,而“致,送诣也”(段注),因此,“処(处)”就是人在跪坐状态,小腿部分向前伸到有几的地方为止这一人体形态的象形。汉语中至今频繁使用的三个字,都来自于人们使用几这一风俗的象形,这就更见出几在古代生活中的重要和普遍。

尤其应该注意的是“居”的古字和古义。《说文》在释“尻(居)”时意味深长地提示道:“《孝经》曰:‘仲尼尻(居)。’尻(居),谓闲尻(居)如此。”段玉裁有一段详细深入的注:“此释《孝经》之尻(居)。即‘小戴’之‘孔子闲居’也。郑‘目录’曰:‘退朝而処(处)曰燕居;退燕避人曰闲居。’闲居,而与曾子论孝,犹闲居而与子夏说恺弟君子。古《孝经》之尻(居)谓闲処(处)。闲処(处)即尻(居)义之引申。但闲処(处)之时,实凭几而坐,故直曰‘仲尼尻(居)’也。如此谓尸得几。”段玉裁说得清楚,古代经典中屡屡提到孔子“居”,“燕居”或“闲居”,包括《论语·述而》曰:“子之燕居,申申如也,夭夭如也。”这里的“居”,不是今天语

乘步辇的陈宣帝。([传]唐·阎立本《历代帝王图》局部)

言中“居住”、“居家”等等含义，而是指非常具体的生活状态——“凭几而坐”。这也许有助于我们了解孔子，了解有关他的那些篇章。杨伯峻先生在《论语译注》（中华书局，一九五八年）中释译“居不客”一句，云：“（孔子）平日坐着，也不像接见客人或自己做客人一样，[跪着两膝在席上。]”（方括号中为杨氏原文，下同）并在后面的注释中说，见客的做法是跪坐，“不过这样难以持久，居家不必如此。省力的办法是脚板着地，两膝耸起，臀部向下而贴地，和蹲一样。”他的意思是，孔子平时闲着没事的时候，成日蹲着！杨先生的理由是：“所以‘说文’说：‘居，蹲也。’[这几个字是依从段玉裁的校本。]”但杨先生可能没有注意的是，段玉裁《说文解字注》中恰恰在此处有一番辨析：“‘说文’有凥，有居。凥，处也。从尸得几而止。凡今人居处字，古只作凥处。居，蹲也。凡今人蹲踞字，古只作居。……而今字用蹲居字为凥处字，而凥字废矣。又别制踞字，为蹲居字，而居之本义废矣。”在注“凥几也”时又云：“凥，各本做踞，今正。……古之凥字，今悉改为居，乃改云居几，既又改为蹲踞俗字。”段氏的看法是，“凥”和“居”原本是两个字，说一个人“闲坐”、“没事在家待着”，用“凥”；说一个人“蹲在地上”，用“居”。但后人以“居”代“凥”，“凥”字被废。然而，被“居”替代掉的古字“凥”，却绝无蹲踞之意，只有“尸得几而止”一意。换句话说，“居，蹲

[传]唐·阎立本《步辇图》局部

也”，与孔子之“尻”，本来毫无关系。说孔子好蹲，完全是文字变迁带来的误会。

也许，文字上的事太绕弯子，不易搞清楚，但是，好在我们现在弄明白了，古人有凭几风俗，这样就可以按照这一风俗去推想一下：人在蹲着的时候，以其重心所在的状态，是很难向前去依靠什么东西的。所以，既然古人日常有凭几的习惯，就实在不大可能常蹲着。段玉裁就是这样的看法：“古人坐而凭几，蹲则未有倚几者也。”因此我们大可以放心了：孔子并不曾像晋陕乡亲那样，喜欢时不时蹲上一会。

实际上，明白了古人凭几而坐的起居风俗，明白了“居”之原字“凥”的含义，也许有助于我们重新去亲近孔子，去想象他当年“高山仰止”的风标。既然从西王母到唐太宗，这么多著名的男女模特都向我们演示了在凭几时的统一标准姿态，我们有理由相信，艺术中屡屡出现的这一凭几之姿，在古代生活中是长期存在的、普遍的一种起居方式。由此，是不是就可以这样推想，经典中屡屡提到的孔子之“居（凥）”，在某种程度上很接近汉代“讲学图”中儒师所呈现的那种状态。我们伟大的先师，跪坐（那时还有盘坐或其他坐的方式吗？）在席子上，抄起手，把双臂放置在面前的两足几上，身体借势而自然地微微前倾，注意倾听着弟子的疑难发问，并与他们讨论仁、孝、礼、君子这些关键的概念。虽然对人类据以安身立命的伦理领域有着无比深入的思索和无比宽广的视野，但他始终安稳，并且安详。

被底的香球

古代的中国人，特别是贵族阶级，都知道自己及周围环境所散发的气味，并不是无足轻重的小事，而是关涉到一个人生活质量的好坏，在这一件事上，现代了的中国人倒似乎有不及之处。比如说，对于寝息时使用的卧具，古人就很注意要让它们散发怡人的香气。只要是有足够能力追求“生活品质”的人，在使用被褥前，都讲究要“浓熏绣被”，因此，富贵人家，都必备一种叫做“熏笼”的器具，专门用来为衣服、被褥熏香。

在熏笼上熏过的被褥，想来必是深染香氲，闻来沁人心脾的，古人竟然还觉得不够满意。古时令香料充分发挥其性能的最佳办法，是将香料做成香饼、香丸，放置在香炉中的炭火上，通过燃烧的炭火不断熏烤，使香气发散开来。于是，古人不仅在寝室中熏香，在床帐中熏香，甚至还要在被衾中燃香，以达到令

扣合状态的唐代鎏金银香球。
（法门寺出土）

衾褥间香氲四弥的最佳效果。为了这个目的,能工巧匠们专门发明了一种可以置放在被下的小香球,以便夜间寝息时,有香球在被褥间不断偷散暗香。据《西京杂记》记载,汉代就有这种香球了,巧匠丁缓曾经制作过它,当时就叫做“卧褥香炉”,又叫“被中香炉”,因为这种香球“为机环,转运四周,而炉体常平,可置之被褥”。汉时的“卧褥香炉”,至今尚未见实物出土,不过,唐人制作的这种香球,近年已经发现了不止一件,著名的法门寺地宫出土物中,就有两件涂金镂花银熏球。这种熏球的外壳是个圆球,球壳上布满镂空花纹,以便香气散出。内部的装置则巧妙地利用了重力原理，在球体内装置两个可以转动的同心圆环,环内再装置一个以轴承与圆环相连的小圆钵。在小圆钵中盛放上燃炭和香丸以后,无论香球怎样滚动,小圆钵在重力作用下,都会带动机环与它一起转动调整,始终保持水平方向的平衡,不会倾翻。唐代诗人元稹曾经作《香球》诗,赞赏说:“顺俗唯团转,居中莫动摇。爱君心不恻,犹讶火长烧。”诗中显然是在以香球的特殊构造比喻做人的道理,——对外要有所顺随时势,但是内里一定不能为外界所左右,心中还要始终保留一股火似的不灭的坚诚。

香球尽可被放置在被褥间，即使它在推碰下发生滚动,球中的圆钵始终保持水平平衡，钵里的燃炭也就不会倾洒出来,

香球打开后，可以看到其中的巧妙装置。

烫伤肌肤、灼燃被褥，而香料在炭火静静熏炙中发散的芬芳，却从香球的镂空花纹间不断散出，弥夜飘袭。这种香球既安全又洁净，何况还是在长夜中温暖的被衾下“暗香袭人”，自有一种令人销魂的神秘情味。所以，在中国古代，人们曾经长期保持着夜间用这种香球熏被的习惯。明人田艺蘅《留青日札》“香球彩球”条记载：“今镀金香球如浑天仪然，其中三层关捩，圆转不已，置之被中而火不覆灭。”可知直至明代，人们仍然制作和使用着这种香球。有趣的是，明末人文震亨在他所撰写的《长物志》中宣称：“被炉有香球等式，俱俗，竟废不用。”在他眼里，香球这东西太俗气，根本不配在“旷士”、“幽人”的雅居中露脸。文震亨对香球的蔑视是有根据的,《金瓶梅》第二十一回中,写到潘金莲与孟玉楼一大早来到李瓶儿房中,李瓶儿犹未起床,潘金莲伸手到她被下,便在“被窝里摸到熏被的银香球”,潘金莲当即拿它开了一个很粗俗的玩笑,说:“李大姐生了弹(蛋)在这里。”——不管什么东西,只要一进了西门庆家,就与什么神秘、情趣、韵致之类再也扯不上边,而是被立刻熏染上一层庸俗和粗鲁的气味。当然,这一处描写倒也作为一个生动活泼的例子,讲明了明代人日常使用香球的情形。在汉代被认为是无比奇妙的东西,到了明代,已经变成颇为普通的日常用品了,凡是有实力追求“高尚生活”的男女,如李瓶儿这等市井商人的妻妾,都使用得起。香球既然落入凡尘,成了一等人人得而亵之的玩物,自然要为文震亨所不屑。

不知《长物志》的作者是否留意到,遭到他这位明代士大夫轻视的香球,却曾经极得唐宋大贵族的青睐。由于香球使用起来既安全又干净、便利,所以,它在古代生活中被派了不止一种的用场,并不仅至于浓熏被褥。说起来,对于香球的开发利用,尤其要推宋代贵妇做得最优雅,最有想象力。据陆游《老学庵笔记》记载,北宋盛世之际,宗室外戚贵妇们在入宫朝谒时,乘车出行,都要由两个小婢各持一个香球随侍在两侧,贵妇本人则在双袖中各置一个小香球,据说,其效果是“车驰过,香烟如云,数里不绝，尘土皆香”。在袖中置放一个香球，那可真是所谓“奇香生于袖底”了，可以想象，在罗袖掩笼的皓腕下，时时有缕缕芬香偷弥悄溢，那是何等撩人的旖旎光景。

另外，据《宋史·礼志》，在宋代，“凡国有大庆皆大宴”，而就是在这种最隆重、规格最高的国宴上，设宴所在的殿中不仅要张挂锦绣帷幕，设放兽形银香炉，还要“垂香球”。唐代的香球都装有银吊链，说明早在唐时，人们就将这种香球悬挂使用了。香球吊挂在半空中，即使偶然发生晃动，它的特殊构造会确保球中的燃炭不会倾翻落下，十分保险。在唐宋时代的宫殿中、华堂上，曾经有镀金的或纯银的香球悬垂在画梁下，镂造着繁丽花纹的球体金辉银烁，不停地喷芳吐麝，袭袭香氲在殿堂中弥荡萦纡。与这一番堂堂气象相比，文震亨那专为显示“旷士之怀”、“幽人之致”而精心设计的半亩园林，一方雅舍，只怕反倒有些近于“俗制”了。

玫瑰花的妙用

《红楼梦》第六十三回中描写说，宝玉“靠着一个各色玫瑰芍药花瓣装的玉色夹纱新枕头”，和芳官一起划拳。像书中的许多细节一样，这个花瓣装成的枕头显得太美了，美得让人怀疑，生活中是否真的会有这样讲究的东西。

其实古代的贵族生活就是这么精致。在西汉马王堆一号墓中，便出土有一只用天然香草做枕芯的华丽枕头，这只枕头的面料奢侈得吓人，用起绒锦、茱萸纹锦和彩绣三种料子拼成，缝成方方正正的枕头里面填满了佩兰，也就是蕙草。蕙草是古代最重要的天然植物香料之一，有很强烈的香气，拿它来充当枕芯，做成的枕头既充满芳香，又柔软舒适。可见，用芳香植物做枕芯，在中国久已有之，没什么可奇怪的。

不过，到了南北朝以后，各种各样更优质的天然植物香料

“期信绣”枕，枕内添满香草佩兰。（西汉马王堆出土）

被开发出来，像蕙草这样的古老香草变得过时了，香枕头的芯子里也有了新内容。唐宋时代，比较流行一种“菊枕”，是用晒干的甘菊花做枕芯，据说有清头目、祛邪秽的妙益。宋人陶谷《清异录》中记载，五代名士舒雅创制了一种“青纱连二枕”，则与宝玉的那一只夹纱枕头神韵相通。这只“青纱连二枕”是用青纱做枕面，内里填满荼蘼、木樨（桂花）、瑞香三种花的散瓣，据说是“甚益鼻根”——非常的好闻。当时有才子专为此枕写了一首诗：“阴香装艳入青纱，还与欹眠好事家。梦里却成三色雨，沉山不敢斗清华。”芳香的花瓣阴干之后，色彩依然艳丽，被装入青纱枕囊里，供风流人士休息之用。枕着这样的花芯枕睡觉，梦境里浮现的都是三色花瓣化成的缤纷花雨。当时流行一种非常豪华的室内陈设——用整块沉香雕成的装饰性小山，这种“沉(香)山”虽然散发着贵重香料的芬郁，但是，又怎么比得上枕中所蕴携的大自然的余馨呢？

显然的，怡红院的“各色玫瑰芍药花瓣装的玉色夹纱新枕头”与“青纱连二枕”一样，散发着天然花朵的清香之气，是其不可抗拒的迷人之处。倚着这样的枕头读书、与朋友闲谈，是很清雅的享受；枕着一囊杂花入睡，连梦境都是在花香的弥漫中绽开，自然神清气爽，做噩梦的机会减少，睡眠质量提高。所以，古人提倡这种“香花芯枕”，不仅是为了给生活增添诗意，也是保健、养生的一种方式。

利用玫瑰花、桂花等天然香花、香草，让日常起居当中，乃至自己的身体上，随时散荡着大自然的清气，这本来是传统中国的富贵阶级最习惯的做法。《金瓶梅》中的宋惠莲不过是个与西门庆搭上了手的家人媳妇，可是身上佩个香袋儿，也知道在“里面装着松柏儿、玫瑰花蕊并跤趾排草(一种进口香草)”。更有趣的是，潘金莲送给西门庆的生日礼物中有一件兜肚，“里面装着排草、玫瑰花”。这件男子贴身内衣，是在绸面与绢里的夹层之间装了些排草和玫瑰花瓣，穿在身上，自然就会散发花草的淡淡清香。香兜肚在明清时代是相当流行的时髦玩意儿，特别是为青楼女子所必不可少的装备。从《金瓶梅》的描写中，我们得知，香兜肚的制作方式之一，是在夹层中盛放天然植物香料。

这两年，传统的兜肚被改造成了夏天的流行时装，受到许多年轻女性的青睐。如果把对传统的借鉴和翻新进行到底，在兜肚上设计个暗层或装饰性纱兜之类的小饰件，让穿衣人可以随时向其中添放些玫瑰花瓣；或者在兜肚吊带上拴个盛满天然香花瓣的小香囊，在热汗淫淫的酷夏，倒不失为一种爽人心神的清新之举。

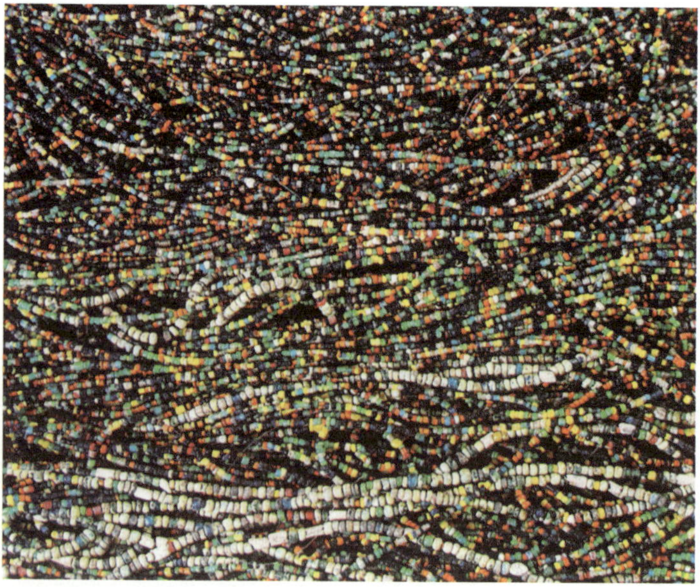

永宁寺遗址出土玻璃珠。

珠帘秀

人一成功，就要作秀，这一点古今皆然。苻坚的情况就是这样，他统一北方之后，思想上有了骄傲情绪，于是开始作秀了："坚自平诸国之后，国内殷实，遂示人以侈，悬珠帘于正殿，以朝群臣。宫宇车乘，器物服御，悉以珠玑、琅玕、奇宝、珍怪饰之"（《晋书》"苻坚载记"）。在他的秀场当中，有一项很重要的道具，就是"珠帘"。

当然，苻坚不过是在赶时髦而已，用珠子做垂帘，是那个时代遭热烈追捧的一项新流行。对于珠帘的时代热情，最明白地表现在汉晋南北朝小说杂志里，不过这热情是通过"托古"表达出来的：一说某某古代名人或近代名人建造的宫殿华堂有多么奢华，在列举出来的种种珍奇陈设中，往往就有珠帘的影子。比如《拾遗记》说，春秋时，吴王让夷光、修明两位美女住在椒华之房，“贯细珠为帘幌，朝下以蔽景，夕卷以待月”。《汉武故事》中则说，为了迎神，“上（汉武帝）起神屋……以白珠为帘，玳瑁压（押）之”（《艺文类聚》卷六十一）。《西京杂记》“寝陵风帘”条也道是：“昭阳殿织珠为帘，风至则鸣，如珩佩之声。”另外，如《太平御览》卷七百引《三秦记》曰：“吕篡时胡人发张竣冢，得白珠帘箔。”又引《凉州记》曰：“明光宫在渐台西，以金玉珠玑为帘箔。”

中国古代的小说、野史、杂志是“无边的写作”，是怪力乱神的世界，想象力得以天马行空的乐土。但是这样想象力发达的结果，在今天却构成了致命的“缺点”：我们已经习惯了用“客观性”来作为衡量历史记述的标准，所以，依我们看来，小说杂志的可信性太差，因此与历史无关。（由于不符合现代文学体裁或者说欧美文学体裁的标准，它们与今天意义上的文学也无关，这就使我们很尴尬地无法为古代杂记类作品找到一个位置，老是不知道该把它们放在哪儿。）但是，有一种情况常常遭到忽略：由于年代久远，世事变迁，物质生活的内容和环境发生了极大的变化，古代杂志小说中涉及的很多现象对后人来说都变得十分陌生，这就造成了后人理解上的困难。也就是说，古代众多的杂记类作品之所以显得荒诞莫测，部分原因在于我们缺乏理解的途径和手段，缺乏对那个时代的知识或者说常识。

永宁寺遗址出土玻璃珠。

就以珠帘来说，文献中似乎没有记录它是用哪种材料做成的，我们也就无法想象，那时候的人，有什么办法可以搞到珠帘所需要的大量珠子。在小说中一再出现的珠帘，就显得特别虚幻，让人不由怀疑，也许这只是文学家头脑中空想出来的玩意儿。然而，史书中也一再提到“珠帘”，相比苻坚的场面，《晋书》“石季龙载记”中的一场“珠帘秀”甚至要来得更为壮观：“（石虎）于襄国起太武殿，于邺造东西宫……皆漆瓦、金铛、银楹、金柱、珠帘、玉璧，穷极技巧。”南朝的两位著名昏君，南齐东昏侯和陈后主所造的华丽宫殿，也都挂有珠帘（《南史》）。不过，这里所涉及的几位不是暴君就是昏主，古代的历史作者为了彰显其恶，在描写他们的事迹时，也许采用了夸张笔法吧？——这恐怕是我们今天大多数人在阅读这些史料时所抱的心理。但是，有一条史料可没有类似的嫌疑——《北史》“和士开传”：“士开载美女、珠帘及诸宝玩以诣娄定远，谢曰：‘诸贵欲杀士开，蒙王特赐性命，用作方伯。今欲奉别，且送二女子、一珠帘。’”此处显然没有采用夸张笔法的必要。值得注意的倒是，文中把珠帘与“美女”并提，对这二者都是语气随意，一笔带过，由此来看，在那时，珠帘和漂亮的女人一样，当然很珍贵很值钱，但也不是什么特别神奇特别虚幻的东西，而是一种比较日常的存在。

也许，现代的考古研究可以帮助我们解惑，除去时光给珠帘蒙上的神秘感。1994 年发掘著名的北魏永宁寺的西门遗址时,发现了十五万余枚小玻璃珠。据专家检测,这批玻璃珠从成分和工艺上来说,属于“印度洋—太平洋玻璃珠”,这类玻璃珠被认为首先是在印度生产出来的(见安家瑶《玻璃考古三则》,《文物》2000 年第 1 期,页 91、92。以下简称安文)。如此大量的“印度玻璃珠”赫然出现在北魏的洛阳,似乎有点不可解,“目前我们还无法确定永宁寺玻璃珠的产地,只能模糊地说是印度玻璃珠”(安文)。不过,应当说,这一发现,实际上有力地印证了《北史》“西戎传”中那一则重要的记载:“大月氏国,都剩盐氏城,在弗敌沙西,去代一万四千五百里。……其王寄多罗勇武,遂兴师越大山,南侵北天竺。自乾陀罗以北五国,尽役属之。太武时,其国人商贩京师,自云能铸石为五色琉璃。于是采矿山中,于京师铸之,既成,光泽乃美于西方来者。乃诏为行殿,容百余人,光色映彻,观者见之,莫不惊骇,以为神明所作。自此,国中琉璃遂贱,人不复珍之。”这里非常清楚地说明了印度玻璃制造技术在北朝时代传入中国的具体时间和路线——北魏太武帝时期,有人从北印度地区带来了“五色琉璃”即彩色玻璃的制造技术,使得玻璃在北朝一下失去了原来外来珍宝的尊贵身份,身价大跌。永宁寺西门出土的玻璃珠,也正是有多种色彩,是所谓“五色琉璃”,按照《北史》“西戎传”中的记载,这些玻璃珠就应该是利用外来技术而在中原本土生产出来的。

永宁寺“印度”玻璃珠是用“拉制法”制成，呈圆柱（圆管）状，扁圆形，中有穿孔。在青州龙兴寺出土的一尊北齐彩绘石雕菩萨立像上，恰恰十分清楚地表现了用这种圆柱形珠子穿成的长璎珞。以浮雕形式出现在菩萨身干上的这两条璎珞，还穿饰着珊瑚等宝物，最吸引人的是，两条璎珞在菩萨身前交绕了两圈，而当年的佚名艺术家细心捕捉到玻璃珠串相缠绕时的那种具体形态，从而传达出这一表现对象的质感，真是水平高超。实际上，玻璃珠制成的项链和饰物在考古发现中多有出现，并不奇怪。但是，在永宁寺西门遗址发现那样巨大数量的玻璃珠，又是做什么的呢？从青州石像上所表现的圆管状玻璃珠璎珞来看，这种珠子分明被习惯于穿成珠串来使用。据《洛阳伽蓝记》，寺西门与东门、南门一样，非常壮丽辉煌，“拱门有四力士、四师子，饰以金银，加之珠玉”。似乎，玻璃珠有可能是拱门“四力士、四师子”上的璎珞之类的装饰物。

不过，关于这批珠子的前生身世，也许还有着另外的可能性。《十六国春秋》“后赵录”“石虎”条中，除了对太武殿的记载之外，还有两条消息：“城门上建玳瑁楼，纯用金银装饰，悬五色珠帘，白玉钩带……”“又太极殿前起楼，高四十丈，结珠为帘……”这说明，在那个时代，有着在大型门楼上悬挂珠帘的做

波斯风格的隋代琉璃杯。(新疆出土)

法,而永宁寺西门正是在门基上有“楼二重”。在西门遗址发现的玻璃珠达十五万余枚,“出土时已散,散乱地混在灰土内,但分布十分集中”(《北魏洛阳永宁寺1979—1994年考古发掘报告》,中国社会科学院考古研究所著,中国大百科全书出版社1996年,页136),数量这样巨大的珠子,又是以这样的状态重见天日,不由得要让人联想到史料中的记载,从而推测,这些玻璃珠曾经共同串成一幅“珠帘”,高悬在永宁寺西门“图以云气,画彩仙灵”的二重楼阁前。杨衒之虽然没有提到永宁寺有珠帘,但在《洛阳伽蓝记》卷二“城东”中明确谈到，景宁寺“制饰甚美，绮柱珠帘”，可见当时的佛寺中确有使用珠帘的情况。并且，“玳瑁楼”上所悬乃是“五色珠帘”，谢绰《晋拾遗》中也记：“（南朝宋）戴明宝历朝宠幸，家累千金，大儿骄淫，为五色珠帘，明宝不能禁”（《太平御览》卷七百）。如果说用红绿蓝宝石、墨玉以及珍珠等贵重珍宝来制作珠帘上所需数量巨大的“五色珠”，恐怕世上还真是没有人做得起，这些“五色珠帘”，只能是如《北史》中所说的“铸五色琉璃”为之，也就是说，那个时代时兴用彩色玻璃珠制成的帘子，这一点，又与永宁寺西门遗址出土的玻璃珠“五颜六色”相吻合，文献与实物可以起到互相印证的作用。

实际上，从汉代通西域始，一直到南北朝时期，出现了新的一波外贸玻璃器与外来的玻璃制造技术传入中国的过程，关于这一方面的情况，文献资料与出土实物所出示的证据可谓举不胜举。其中，《抱朴子》“论仙”篇中那一条著名的记录，也应该放在这一具体的时代背景中去考虑：“外国作水精碗，实是合五种灰以作之，今交广多有得其法而作之者。今以此语俗人，殊不肯信，乃云水精本自然之物，玉石之类。”“合五种灰”作水精（晶）碗，显然是指烧制玻璃来制造假水晶器皿，这一则资料的重要性在于，它说明了，“外国”制造玻璃器的技术，不仅从陆上丝绸之路传入中国，在约略相同的时期，也通过海上贸易的航路在广州一带登岸，从南北两个方向几乎在同时到达了中国。“珠帘”在文学和史记中的忽然走红，在时间上，正与这一波玻璃进口热相吻合，应该不是偶然的现象。尤其值得注意的是，珠帘在身价上的变化，恰好同步于随着新的玻璃制造技术传入，“外国”玻璃由贵变贱的贬值过程：在石虎和苻坚的时代，最重要、最有规模的皇宫用一幅珠帘还被认为是奢侈。苻坚的做法就被自己的大臣、尚书郎裴元略狠狠批评了一顿，结果是那为人君的虚心接受了批评，撤去了珠帘，于是这一场秀也没能作多久。主上挂一道珠帘，竟然惹得臣下大惊小怪，可见那时珠帘是属于过分昂贵的东西。但到了南北朝时代，珠帘就已经不是很稀罕了，大贵族的府邸以及大寺院中，都用得起。珠帘在十六国时期属于珍奇希见之物，到南北朝就变得相对普及，在这一转变过程中，恰恰发生了新的玻璃制造技术在北魏太武帝时代传入中原的事件，两种现象之间潜在的联系，不能不加以考虑。参佐以永宁寺的出土实物，我们似乎可以得出这样的结论：珠帘的材料是彩色玻璃珠；新传入的外来玻璃制造技术，提供了相对来说工艺快捷、成本低廉的玻璃珠制造方法，从而使得玻璃珠的大量生产和消费成为可能，在这一前提下，玻璃珠帘一时成为了社会的时髦。

如果确定了这样一个前提，或许有助于我们理解古代文献中有关珠帘的一些记叙。这些记叙读来往往显得不可思议，如："按《华阳记》：'开明氏造七宝楼，以珍珠结成帘，汉武帝时蜀郡火，烧数千家，楼亦烬，今人往往于沙土上获珍珠。'赵清献《蜀都故事》：'石笋，在衙西门外，二株双存，云珍珠楼基。昔胡人于此立为大秦寺，门楼十间，皆以珍珠翠碧贯之为帘，后摧毁坠地，至今基地每有大雨，多拾珍珠瑟瑟金翠异物'"(清陈元龙《格致镜原》引《庶物异名疏》)。中国古代小说杂志的脾性，确实有点像阿加莎·克里斯蒂在其侦探小说中爱描写的一类人物，比如《谋杀启事》中的那个怪女仆：也许是天生浮夸，也许是后天受了什么刺激，总之只要一张嘴就忍不住地要夸张歪曲，非把事情说得耸人听闻，才能获得一种心理上的满足；然而，只要仔细分辨，就会发现，这些夸张的言辞，基本都是有事实根据藏在底下的。当然，这也正是古往今来一切文学——至少是好的文学——所共具的脾性。因此，我们也应该抱有波洛、马普尔小姐那样的心态，相信一个人即使是在说谎的时候，也总是会不知不觉地把真相说出来，而且话说得越多，真相就暴露得越多。好在文学家都有喋喋不休的嗜癖，我们如果也像侦探那样有耐心，就可以从他们的生花妙笔当中发现各种各样的"真相"，而古代文献一经开掘，所能提供的真相将是那么的多，那么的重要，也许最终会让我们感到吃惊。

就让我们扮一回马普尔小姐，分析一下前引两则关于珠帘的文字。东汉王充《论衡》"率性"篇中有一段文字，是中国玻璃史研究中非常重要的资料，其中谈道："兼鱼蚌之珠，与《禹贡》'璆琳'，皆真玉珠也，然而随侯以药作珠，精耀如真；道士之教至，知巧之意加也。"他说得明白，"鱼蚌之珠"即珍珠，以及玉石类材质的珠子"璆琳"，早在战国时代，就可以用玻璃珠来进行仿制。(在曾侯乙墓中出土有战国时代的琉璃珠，有专家认为就是文献中著名的"随侯珠"。)至于"瑟瑟"，在古代既指天然蓝宝石，也同样指用玻璃仿造的假蓝宝石，甚至也指真假蓝宝石所做的珠子，包括玻璃做的假蓝宝石珠(见明方以智《通雅》卷四十八"瑟瑟碧珠也"条)。因此，在玻璃珠帘流行的前提下，说"以珍珠结成帘"，说坠毁的珠帘可以遗留有"珍珠瑟瑟金翠异物"，性质就有点像是阿加莎的怪女仆的表达方式——看去光怪陆离，但其实与事实真相仅仅是一小步的差距。当然，对于用物理和化学知识武装了头脑的现代人来说，这一小步距离恰恰是致命的，是划分真实与谎言的鸿沟。不过，在永宁寺发现的玻璃珠中，还真的混有"极少数""水晶珠和玛瑙珠"，如果这些玻璃珠、"水晶珠和玛瑙珠"确实曾经共同构成一幅珠帘的话，那么，古代的珠帘上就确实装饰有少量真正的天然宝石制的珠子，如此，则《华阳记》、《蜀都故事》的记述，就不完全是夸大其辞，而

北齐彩绘石雕菩萨立像上表现的玻璃珠链。（山东青州龙兴寺窖藏出土）

是部分地触及了事实——也挺像那位怪女仆的作风。

宝贵的真相还远不止于此。据《北魏洛阳永宁寺1979—1994年考古发掘报告》，永宁寺西门遗址“揭去农耕土，即可见其残基”，发掘中，“另在台基较窄部分南侧地层中，清理出大量如绿豆或米粒般大小的小珠。珠皆有孔，五颜六色，当属串珠类物，发现时业已散乱，混杂在灰土之中”，“分别呈各种红、蓝、黄、绿及黑色，色泽异常鲜艳”，这一段冷静的专业记录，与《华阳记》、《蜀都故事》的内容是如此相接近，恍惚如同那古代文字的现代白话译文。也许并非巧合的是，永宁寺正是在一场“经三月不灭”的大火中烧毁的。据发掘报告，“这批珠子不是保存在容器中一起出土的，而是散落于遗址的地层中，与泥土混在一起”，从这一状态分析，当年发生的情况似乎是，随着火灾的突然降临，整座西门灰飞烟灭，这些玻璃珠作为建筑物上的某种装饰，于是乎纷然泻落在地，散混在灰烬之中，并在日后被泥土掩埋。这与《华阳记》、《蜀都故事》中的情节简直是惊人地相一致，也许可以作为又一条证据，证明永宁寺玻璃珠曾经贵为珠帘的前生。

如果要罗列中国历史上破坏性最大的火灾，烧掉永宁寺的那一把火在其中还摊不上份儿，但这却很可能是最牵动人心、最激发情感的一场火事。当时，阴晦的天空中雷声滚滚，雨雪交加，虔信的洛阳居民披寒冒雪赶来火场，眼看着火光吞噬掉他们最壮丽的一座伽蓝，“悲哀之声，震动京邑”，甚至有三位僧人冲入大火中殉身而死。就是在这样地狱图般的场景中，一幅巨大的彩色玻璃珠帘在熊熊火焰中哗然坠落，缤纷如雨——但是就此打住笔头吧，因为一旦浮想联翩，就成了文学创作了。也许，根据古小说杂志的种种叙述，就断定永宁寺西门出土玻璃珠乃是历史上流行过的珠帘，是缺乏证据的妄测。尽管如此，永宁寺的发现，至少是逼着我们不得不换一副眼光，去重新审视《华阳记》、《蜀都故事》这一类文献的意义。在古代楼阁建筑的遗址，会有真假宝石珠子出现在沙土中，会被大雨冲出泥土，这一情节是如此之美，美得让人难以置信。但是，似乎荒诞莫测的往昔传说，却还魂转世似的，在光天化日之下忽然化身为了事实，并且是在科学的大旗下，就在我们有幸寓身其中的现代世界。我们相信永宁寺发现的真实性，是因为按照今天的标准，这一发现的经过以及传达给我们的方式都是可靠的——专业的考古人员，科学的发掘手段，严肃的考古报告，正规的出版社，等等。然而，这一可靠的发现却提醒道，《华阳记》、《蜀都故事》中的记述，我们原来误以为是出于文学家最诗意的虚构，是最灵奇的意象，其实却仅仅是讲述了一个事实，最朴素的事实。

补言:历史上,成都县城外“石笋”遗址一遇大雨便常有彩色小珠被冲出泥土一事,让唐宋人颇感好奇和困惑,文人们在著述中屡屡提及此事。其中,以宋人姚宽《西溪丛语》(卷二十)中的一段文字比较详细:

杜甫《石笋行》云:

君不见益州城西门,陌上石笋双高蹲。
古来相传是海眼,苔藓蚀尽波涛痕。
雨多往往得瑟瑟,此事恍惚难明论。
恐是昔时卿相墓,立石为表今仍存。

范晔《后汉书》“方术·任文公传”:“公孙述时,武担山折文公曰:‘西州智士死,我乃当之。’三月果卒。”唐章怀太子贤注云:“武担山在今益州成都县北百二十步,扬雄《蜀王本纪》云:‘武都丈夫化为女子,颜色美绝,盖山精也。蜀王纳以为妃,无几物故,乃发卒之成都担土,葬于成都郭中,号曰“武担”,以石作镜一枚,表其墓。’《华阳国志》曰:‘王哀念之,遣五丁之成都,担土为妃作冢。盖地数亩,高七丈,其石今俗名为石笋。’又《梁益纪》云:‘石笋二,在子城西门外。’按图经,在少城中夏门外一百五十步，曾折，再立之，各高丈余，围六七尺。云其下即是海眼，非也。或云古誓蜀之碑。旧说，昔为大秦寺，其门楼十间皆以真珠翠碧贯之为帘，后毁，此其遗迹。每雨后，人多拾得珠翠异物。”章怀太子贤乃高宗第六子，注《汉书》在仪凤中，岂杜甫作诗时，汉注未传耶？抑老杜流寓四方，未之见耶？或见而不以贤言为然耶？《酉阳杂俎》：“蜀石笋街，夏中大雨，往往得杂色小珠，俗谓之‘地当海眼’，莫知其故。”故蜀僧惠嶷曰：“前史说蜀少城饰以金璧珠翠，桓温怒其太侈，焚之。今在此地或拾得小珠，时有孔者，得非是乎！”《博雅》：“瑟瑟，碧珠也。”《杜阳编》有瑟瑟幕，其色轻明虚薄，无与为比。

陆游《老学庵笔记》卷五也谈道：

> 成都石笋，其状与笋不类，乃累叠数石成之。所谓“海眼”，亦非妄；瑟瑟，至今有得之者。

帘影玲珑

原来一直以为,“水晶帘下看梳头”中的“水晶帘”,不过是对帘的一种美称,用今天注家们爱用的说法就是:“喻指华美的帘子。”就好像说“来了一位天仙”,但大家都知道这是一种夸张的比喻,来的并不真的是天仙,只是个美丽的女人。但是,偶然看到《花间集》中“水精帘影露珠悬”(毛熙震《浣溪沙》)一句,不由吃了一惊,因为,揣摩这一句的意思,分明是形容水晶(精)帘上悬挂着颗颗像露珠一样的珠子。随即查到温庭筠《春愁曲》中有更具体的描写:“红丝穿露珠帘冷,百尺哑哑下纤绠。”这里说的是珠帘,但它同样是用红丝穿着露珠一般的珠子制成的,颇为长大,在诗中,正在轧轧声中被舒放下来。

如此形象、具体的描写,看来更像是写实,是直接指向实际生活中的真实对象。显然的,水晶帘与珠帘是一回事,都是用像露珠一样有透明感的珠子穿成的。诗词中还常常提到“珍珠帘”，其与珠帘、水晶帘，究竟都是何物？用天然珍珠做帘子，实在不是任何人的财力所能承担的，即使尊贵如皇家，除非遇上了暴君、昏君，一般也不会暴殄天物到这个地步。另外，如果说“水晶帘”上都是用天然水晶磨成的珠子，也同样不可能，天然水晶一直被认为是珍贵的宝石，用水晶磨成的一串念珠，都被看做是珍物，谁能拿那么多的水晶珠去做帘子？南宋周密有一首《珍珠帘》词，作者注云：“琉璃帘。”显然是揭开了谜底。词中有“是鲛人织就，冰绡清泪”之句，显然是化用鲛人泣泪成珠的典故，清泪，自然是珠滴的形状，也可见，所谓琉璃帘，就是用颗颗“清泪”般的琉璃珠串成的，而其效果就像一幅明滑的冰绡。古代的所谓琉璃，一般是指玻璃，包括外来的玻璃制品，也包括以中国特有的技术烧制成的玻璃(明清以后常称为料器)。“鲛人织就，冰绡清泪”的描写，与“红丝穿露”、“水精帘影露珠悬”在形态上何其相似，可以推测，“珍珠帘”、珠帘、水晶帘，其实都是琉璃帘，“红丝穿露”、“冰绡清泪”，就是长串的玻璃珠，成排地悬在一起，形成一道晶莹的玻璃帘幕。元人马祖常还有《咏琉璃帘》诗，说是“吴侬巧制玉玲珑”，“万缕横陈银色界，一尘不入水晶宫”，把琉璃帘的形态，用诗意的方式说得很清楚，玲珑如玉的珠子，一条条连排在一起，明亮如银，澄澈如水晶。

今天的人大多不注意中国古代玻璃器发展的历史，因此，

臂套琉璃钏的晚唐贵妇。([传]唐·周昉《簪花仕女图》局部)

听说过去的生活中曾经有玻璃珠帘的存在，会感到意外。其实，玻璃，是中国文化史中一个相当复杂的角色，实实在在地属于古代中国与世界文明相交缠的部分，本是很有意思的现象。至于玻璃珠，在古代世界中，曾经被当做珍贵的物品极受重视。古代中国对于玻璃珠的热情，在汉代通西域之后，渐渐形成了一个新的热潮，也达到了一个新的高度，其标志之一，正是玻璃珠所做的“珠帘”的出现。这里所要说的是，随着玻璃制造技术在本土的发展和传播，到了唐宋时代，中国特色的玻璃器——琉璃——的生产已经达到了相当的规模，土造的玻璃制品，是一点都不稀奇的。明显的材料，如《新唐书》“舆服志”：“庶人女嫁有花钗，以金银琉璃涂饰之。”其“五行志”则记：“唐末……又世俗尚以琉璃为钗钏。”著名的《簪花仕女图》中，手持蝴蝶与轻撩起披衫衣领的两位仕女，在各自的双腕上，都戴着长长一串透明的手镯，这些手镯澄莹无色，让女性的腕臂轮廓清晰地透过手镯映现出来。这样的描绘，应该是印证了史书所记唐末流行琉璃首饰的风气，簪花仕女们腕上的透明手镯，就是琉璃钏，当时流行的琉璃首饰之一种。《宋史》“五行志”亦云：“绍熙元年，里巷妇女以琉璃为首饰。”琉璃首饰可以成为流行时尚，而且流行到市民阶层的“里巷妇女”都戴得起，说明琉璃制品在当时并不是贵重的东西，这也正见出琉璃生产的普遍。在出土的唐宋

晚唐龙凤纹琉璃佩。(陕西乾县唐僖宗靖陵出土)

文物中,外来和土造的玻璃器都有发现,其中就包括琉璃首饰、琉璃珠。

本土生产琉璃能力的提高，当然是珠帘得以流行的前提。《簪花仕女图》中的琉璃手镯,看去完全是无色透明的,有如水晶,很接近于近世西方发明的“水晶玻璃”。从法门寺地宫出土物中,也确实出土了几颗完全无色透明、效果如同水晶的“琉璃水晶珠”。不过,像这样毫无杂质、如水晶般澄澈的琉璃制品,以当时的技术条件来看,应该并不多见。也正因如此,几颗“琉璃水晶珠”才得以视同七宝,跻身于李唐皇室供奉舍利的诸般珍品之中。当时一般的琉璃制品,由于原料中含有少量杂质,所以都带有淡青色、淡绿色,如法门寺地宫出土的一套琉璃茶杯与茶托就是透明而微含黄绿色，而这套玻璃茶具，被认为是中国本土的产品。这种微带杂色的透明琉璃，在当时并不少见，如韦应物《咏琉璃》："有色同寒冰，无物隔纤尘。象筵看不见，堪将对玉人。"揣其首句之意，当时的透明琉璃带有青色，在诗人的眼里，恰恰让它具有了寒冰一般的效果。当然，如果加入其他成分，琉璃还可以呈现多种艳丽的色彩，即所谓"五色琉璃"，而且还可以有不透明与半透明两种样式。不过，从诗人们的描写来看，既然称为"水晶帘"，既然是如"露珠"、"清泪"，那么珠帘一定是以微含青绿的透明珠为主。

弄清楚了珍珠帘、珠帘、水晶帘的具体形态，对于理解相关诗词的意境，是大有帮助的。比如，关于"却下水精帘，玲珑望秋月"(李白《玉阶怨》)，我原来一直觉得是：卷起帘子，以便眺望月亮。其实，在唐人诗词中，"下"帘的意思，从来都是指把帘子放下，让帘子悬垂。与"下"相对的是"上"，才是卷起帘子的意思。可这就与我们的经验相矛盾了，在我们的现实生活中，以及我们相对更为熟悉的明清以来的文学世界里，常见的是竹帘、绸缎帘子，它们都是不透明的，只有被高高卷起来，才可能望见外边的景色。但是，在我们经验范围之外的是，唐人有基本上为透明状态的水晶帘，一个"却"字，就说明此时放帘子，是故意的，就是要隔着透明的珠子来欣赏秋天明月的朦胧美。这种晶莹珠帘映月光的效果，温庭筠《菩萨蛮》中也写到了："竹风轻动庭除冷，珠帘月上玲珑影。"刘宪《夜宴安乐公主新宅》中则有句云："珠帘隐映月华窥。"染上了一层心理感受的色彩，说是月光好像在透过珠帘向内窥看。

当然，珠帘不仅可以映月，还可以透映其他对象，比如烛光："珠帘烛焰动，绣柱月光浮"（李世民《冬宵各为四韵》）。元人马祖常《咏琉璃帘》则说："灯影斜穿细细红"。如果恰好有人站到被灯光照亮的珠帘内，乘夜色从外看去，就像是"人在明河影里"（周密《珍珠帘》）。——珠帘也可以映照或者说泄露出帘中人的影迹，而这才是最能引发诗人兴致的。唐人马逢有两首《宫

南宋琉璃簪。（湖南长沙出土）

词》(一作顾况诗)都涉及了水晶帘,其一云:“金吾持戟护轩檐,天乐传教万姓瞻。楼上美人相倚看,红妆透出水晶帘。”诗中描写一次皇家出面组织的大型娱乐活动,由宫廷乐工们当街表演,供老百姓欣赏。难得的,人们借这个机会隐约望见了宫妃、宫女们的身影,这些遥远似乎如同天人的人儿,其实对宫外的世界也是充满好奇和向往的,此刻虽然是隔着帘子在观看街上的热闹,但那水晶帘泄露了她们的行迹。推测起来,珠帘与整片的平滑的玻璃窗不同,颗颗玻璃珠连缀在一起,时时晃动不定,大概更接近今日花纹玻璃的效果,所透映的影像不会百分百的清晰,而是比较朦胧,女人的身影一旦出现在珠帘上,那效果是“可怜疏复密,隐映当窗人”(隋·卢思道《咏珠帘》)。这也许有助于我们真正理解元稹那首著名的《离思》(节选):“山泉散漫绕阶流,万树桃花映小楼。闲读道书慵未起,水晶帘下看梳头。”很难用语言清楚分析这首诗的美感,清澈的山泉,烂漫的桃花,荧光不定的珠帘上映出朦胧的女人身影,映出她梳理头发的沉默动作,形成了一个亮晶晶的世界,找不到一丝的阴影,但是安静,并且安逸。

如果说元稹的诗写出了与春天桃花相衬映的珠帘,刘禹锡《刘驸马水亭避暑》则如同一幅重彩的设色画,浓绘了唐代贵族夏日避暑生活的奢侈和闲适:“千竿竹翠数莲红,水阁虚凉玉簟空。琥珀盏红疑漏酒，水晶帘莹更通风。赐冰满碗沉朱实，法馔盈盘覆碧笼。尽日逍遥避烦暑，再三珍重主人翁。”翠竹、红莲围绕的水上建筑，开敞通风，让铺设的竹席自然生凉。陈设、器具也都有清目之感，盛酒的是红琥珀杯，挂的是晶莹的水晶帘。还有天子赏赐的冰块在冰镇着水果，御厨里出来的精美食品用碧纱罩遮盖着。这也是一个没有阴影的世界，但是，带着夏日的浓郁氛围与大贵族的富贵气象，那铺排阵仗，让人联想起怡红院里的势头。

然而，运用水晶帘最奇妙的，大概还要算毛熙震《浣溪沙》：

唐代琉璃水晶珠。（法门寺出土）

春暮黄莺下砌前，水精帘影露珠悬，绮霞低映晚晴天。
弱柳万条垂翠带，残红满地碎香钿，蕙风飘荡散轻烟。

完全像是电影中的空镜头，这里不加评论地展示了一处庭院小景，一个非常灿烂的黄昏时刻。因为是雨后，散霞成绮，压得很低，浮在临近傍晚却忽然彻底放晴的天空中。夕阳里的水晶帘自然是晶莹闪烁的，一颗颗珠子都像悬在半空的露珠一样，帘前，有黄莺飞落到台阶下，掩映着长垂的翠柳条，地上是细碎的、残香犹存的落花，花丛中过来的轻风，则把从帘中飘出的香烟吹得袅荡四散。这个镜头中的颜色和形象都很丰富，但是，如果没有一幅璀璨澄澈的透明玻璃珠帘，以它闪烁、反光的质感在其中压阵，画面的视觉效果就会大大削弱。这里也是中国文学中少有的异常明亮的场面，其中一切因素都是悦目的、光色生动的，没有一丝阴影。可是，词人同时运用了“春暮”、“晚晴”、“弱柳”、“残红”、“碎”、“飘荡”、“散”这一系列形容，让这个明媚得毫无杂质的场面笼罩上了娇弱无力的气质，显得脆弱不堪。诗人就是这样巧妙运用了一系列矛盾的修辞，创造了一个非常奇特的境界，道尽了暮春黄昏、雨后黄昏所予人的特有感受：有着一切象征生命力的因素，似乎也是生机勃勃，但却处处暗含着颓亡的迹象，生命力在这个时刻，恰恰显得格外脆弱，不堪时间消磨。

毛文锡一首《虞美人》的下半阕表现了非常相近的意境：

> 玉炉香暖频添炷，满地飘轻絮。珠帘不卷度沈烟，庭前闲立画秋千，艳阳天。

静垂在夕阳下的珠帘，有缕缕细弱的香烟从长长的珠串间飘出，这种物质之间在质地与形态等多方面形成的对比，一定给当时词人深刻的印象。如果说，以上所谈到的作品，都是利用玻璃珠帘的介入，形成一个个明亮到照眼的场景，那么，与之相对的另一种倾向，则是围绕着珠帘，营造一种异常清寒的夜的情境。如白居易《空闺怨》："寒月沈沈洞房静，真珠帘外梧桐影。秋霜欲下手先知，灯底裁缝剪刀冷。"如李白使用了"白露"一样，白居易在这里引入了"秋霜"，此外还有珠帘上的梧桐映影，以及涩手的铁剪刀，无非在于突出"冷"与"孤寂"之感。温庭筠是珠帘的眷恋者，也是营造这一类意境的高手，如他著名的《菩萨蛮》的上阕："水精帘里颇黎枕，暖香惹梦鸳鸯锦。江上柳如烟，雁飞残月天。"这是一个何等晶莹透明的夜啊，真是像水晶一般纯净，纤尘不染。他似乎喜欢把当时贵族卧室里各种透明或半

唐代琉璃茶盏、茶托。（法门寺出土）

透明的、质地滑亮坚硬的器具，与丝绸、女人头花等柔软绮艳之物，乃至对女人的体温与体香、气息的暗示，交融在一起，因而别有特色。最典型的还是《春愁曲》，在写了轧轧而下的珠帘之后，是："远翠愁山入卧屏，两重云母空烘影。凉簪坠发春眠重，玉兔熅香柳如梦。锦叠空床委堕红，飔飔扫尾双金凤。"围绕着睡床的屏风绘有山水，画意清远；地上的熏炉中，双层的云母隔火板上朦胧映出炭火的红光。接着出现了睡梦中的女人的形象，在春寒中，发簪也带着凉意，但床角的兔形小熏炉里香料暗燃，皱叠如浪的红锦被上是拖着长尾、展翅对飞的金凤纹样。温庭筠是质感的大师，是物质世界的敏锐者，华丽但并无生命的日常物品，经他笔触一点，便魔幻般地有了生气，一个个都变成了暗夜中的精灵，随着夜的节奏轻轻呼吸。

在传统文学的意境营造中，竟会出现玻璃的闪光，这是很有趣的现象。已经有学者指出，历史上外来玻璃器的不断传入，实际上已经影响到了古代中国人的审美观。具体到珠帘，则应被视为玻璃珠在世界范围内流通和传播的历史的一部分，或者说，是这种世界性的文化、经济现象在波及传统中国之后所留下的一声拖得长长的余音。明显的是，在中国，随着玻璃制造技术的不断发展，到了唐代，玻璃珠已经不是什么珍贵的东西了，但玻璃珠所曾经激起的激情，造成了珠帘在现实生活和文学创作中的持续存在。换上像谢弗（《唐代的外来文明》作者）这样的外国学者，如果让他发现“珠帘”这一因素在中国文学中的小小存在，那么，以一个局外人的眼光，他或许会认为这是一种全然的外来趣味、异域情调在起作用。但是，以上所引诸诗，又有哪一首的意蕴不为我们熟悉？不符合我们心目中的“传统”诗境？实际上，在传统中国这样一个客观上完全是开放性的文化体系中，原本就很难分清什么是“本”，什么是“异”。

还要一提的是，到了明清以后，在中国人的生活中，特别是上层社会的生活中，玻璃珠帘似乎失去了位置，《金瓶梅》、《板桥杂记》、《红楼梦》等经典中，都不见它的痕迹。（谁能想象荣、宁二府中挂玻璃珠帘？）诗词、戏曲中不免提及，但那是在用典，而非写实。应该说，在明代，珠帘还没有完全绝迹，明人孙庭铨《颜山杂记·琉璃》中就记载了一种“青帘”：“琉璃之贵者为青帘。”其光色是“取彼水晶，和以回青”，在制造透明水晶玻璃的原料中掺入青色原料；其形态是“如箸斯条”，“纬为幌薄”，用细长的玻璃管穿编而成；其用途却是“用之郊坛焉，用之清庙焉”，只出现在祭祀神与鬼的场所。那效果则为“影动几筵，光浮御屏。栖神象玄，以合窈冥”，光影有种阴森森的气氛，让人一看就联想起冥界，大概有点接近恐怖片的镜头！到了清代，清人赵翼在《陔余丛考》中竟然疑问道：“然元人马祖常有《琉璃帘诗》云……琉璃安可作帘？且诗云‘万缕’，必非方块玻璃，盖即今之料丝耳。”已经完全不明白“琉璃帘”乃是用琉璃珠串做成的，可见当时人对这种帘子十分陌生。这一现象，如果仅仅从审美趣味的角度解释，也是不够的，因为明代的宫廷和市民文化都是明艳奔放的性格，清代宫廷和贵族文化则是繁复、富丽中的典雅，用我们经当代文化调焦而成的斗鸡眼的眼光来看，都够“俗”的。按说，玻璃珠帘的晶莹亮丽，与这两个时代上层社会的趣味并不矛盾，所以，如果说珠帘是因为样子比“湘帘”“俗”才进不了大观园的，恐怕难以服人。谈论珠帘的消失，恐怕也要与谈论它当初的出现一样，从文化、科技、经济，从本土传统与外来影响（或它的消失），乃至从时尚的递变等多个角度，交互地加以考量。

冰块的遭际

英语里有一句俗语，形容一个人嘴皮子厉害，说："他能说动爱斯基摩人买冰块。"爱斯基摩人（至少是我们固定观念里的"传统"爱斯基摩人）生活在冰天雪地里，按常理来讲当然不需要花钱买冰块。不过，在其他夏季炎热的地方，冰块是能够成为商品的，因为人们在避暑时有这个需求。像在中国，大部分地区在夏天都免不了酷暑天气，因此，对冰块的需求自古就存在，要说动一个中国人买冰块，就不是很困难的事情。

如今家家有冰箱，可以人工制冰，古代当然做不到这一点。好在中原地区有个有利的条件，就是四季分明，夏天固然热，冬天却也非常之冷，会结冰下雪，所以人们完全可以在冬天收集冰雪，放到与外界隔绝的窖井里，到夏天的时候拿出来使用，"打时间差"。这就说明了何以中国人藏冰、用冰的历史能够那么长久，《周礼》有记，《诗经》有载，近年考古发掘更出土了商代的冰凿子——青铜凌穿，以及春秋时秦君的冰窖“凌阴”遗迹、战国时冰酒用的“冰鉴”等（郭伯南：《古代是如何藏冰的》、《古代冷藏保鲜有妙方》，载于《文物纵横谈》，文物出版社，1990年）。多种文献记载和考古发现都表明，早则从夏商开始，迟则也从周代开始，藏冰和用冰就成了中原地区的固定风俗之一，人们在冬天到河上凿了大块的冰，放到特制的冰窖里，等到夏天拿出来使用。不过，这并不意味着冰块就能成为商品，谁都可以拿钱去买，相反，在非常漫长的一段时期里，它始终意味着一种特权，只有特定的上层社会才有权利享用它。

在先秦文献中，谈到开冰窖、冬天驱动劳力去河上凿冰这类活动，往往说成是天子、国君才有权干的事情。这显然是因为当时生产力水平低，只有天子、国君一级的统治者，才能调动足够的人力物力来维持冰窖的运转。不过，政治伦理是不允许最高统治者独占这一珍贵享受的，所以，从《夏小正》就开始规定，天热之后要“颁冰”，就是“分冰以授大夫也”。《周礼》也规定：“夏颁冰。”可见，藏冰的拥有权在天子、国君，但是，通过制度化的赏赐——“颁冰”，冰块成为了最高统治者和他的一部分大臣所共享的一种特权。这一特权是通过“礼”来加以明确、固定的，早在先秦时代，围绕着冰块的收藏和使用，就形成了一套很完备的礼仪制度，于是，普通的冰块也进入了礼制的范围，成为了

战国铜冰鉴。(湖北随县曾侯乙墓出土)

“礼”中的一部分、一个小小的角色。关于国君们藏冰与颁冰的活动,历代都有零星记载,不过,要想知道冰块如何作为一种特权,在国家生活中扮演巩固古代伦理的角色,最好是从唐代的冰块那里了解情况。这不仅因为唐代国力强盛,国家可以修建空前大规模的皇家冰窖,也因为经过两汉南北朝的长期“复礼”运动,到了唐代,藏冰与颁冰这一一度的“逸典”(梁·沈约《谢敕赐冰启》),被严格按照先秦文献记载加以恢复了,并且得到了相当忠实的执行。

按照我们今人的眼光，唐代人对冰块煞有介事的态度，是挺荒唐的。冬天藏冰，仲春开启冰窖，都要在“冰室”即冰窖举行特别仪式，用黑牡羊、秬黍，祭司寒之神（《旧唐书·礼仪志》）。开启冰窖的仪式还有个专门的名词，叫“开冰”，这时候，因为冰是要献给皇上的，为了辟邪，还要在仪式中在神座上摆设弓、矢。开冰后的第一件事，是“荐冰”，即在太庙中举行仪式，把冰块献给先人，以示“慎终追远”之意。这之后，天子在自己享用之外，就开始“颁冰”，也称“赐冰”。

从唐诗中可以观察到关于赐冰的种种有趣现象。由于赏赐量比较大，看来当时不举行集中的赏赐仪式，而是由负责的人员把冰块一份份分到该受赏的官员那里。比如杨巨源《和人与人分惠赐冰》中讲道：“天水藏来玉堕空，先颁密署几人同。”这是把冰块直接送到机要部门(学士院)的办公室来了，而一帮要员们也就当场分冰块，各自带回家。从诗人得意的语气就可以看出，颁冰也有先后，重要部门先沾光。另外，冰块还会被直接送到王公大臣的府邸上去。韦应物《冰赋》中就写道，“夏六月，白日当午，火云四至”的日子，陈王大会亲友，作者得以参与其中，结果“睹颁冰之适至”，正好碰到天子赏冰被送来。宋代全面继承了唐代的用冰制度，皇帝在夏天也要赐冰给大臣，宋人孔仲武有一首《食冰诗》，就把宫中赐冰的方式说得十分生动：“休论中使押金盘，荷叶裹来深宫里。”写明冰块是用荷叶裹着，放在盘中，由太监送到受赏王公大臣府上。

当然，这些冰块不是随便谁都能得到的，只是一部分王公贵族、高官显要、皇帝幸臣才能沾到这份天恩的雨露，所谓“尊卑有等，颁命有度”（韦应物《冰赋》），君恩是不可以滥施的。刘禹锡《翠微寺有感》中就说：“吾王昔游幸，离宫云际开。朱旗迎夏早，凉轩避暑来。汤饼赐都尉，寒冰颁上才……”白居易在《谢赐冰状》中对颁冰的性质则说得很清楚：“以其非常之物，用表特异之恩。”《宋史·礼志》中记载，宋代更明确固定：“仆射、御史大夫、中丞、节度、留后、观察、内客省使、权知开封府……三伏日，又五日一赐冰。”把颁冰严格制度化，国家最重量级的大臣们，到了伏天，每五天就要赏赐一回冰。当然，与此相反的情况就是，小官、冷官，或者希望做官而不得的人，就得不到这份幸运。杜甫《多病执热奉怀李尚书（之芳）》中就发牢骚，虽然自己年老生病，又赶上酷热天气，但是“思沾道暍黄梅雨，敢望宫恩玉井冰”，对皇上赐冰的恩宠，明知没份儿，所以也就不去巴望了。当然，无论多么严格的制度，总是有人能够钻空子，元稹《台中鞫狱忆开元观旧事呈损之兼赠周兄四十韵》中描写了一位他那时代的特权阶层子弟，在列举这位“乳臭儿”走鸡斗狗的种种骄奢荒唐行为之后，诗人又愤愤地写道，这样一个小无赖，不但

维摩诘的床前出现了唐代的冰盘。（敦煌第 61 窟五代壁画“维摩诘问疾品”）

能够“渐大官渐贵”，而且“月请公王封，冰受天子颁”，享受到朝廷的一切恩赏，包括颁冰之赐。

从这些唐人诗文或得意非常或酸溜溜的语气中就可以看出，冰块在当时真的是一种比较珍贵的赏赐，所以才被文人们屡屡地拿来说事儿。既然颁冰是如此的皇恩浩荡，有份儿沾光的大臣们当然要感恩戴德，白居易就写有《谢赐冰状》，陈述自己在受赐之后“常倾受命之心”、“永怀履薄之戒”的一片忠君情。当时这类的谢赐冰状一定还有不少。实际上，在古代的朝廷，赏赐是非常仪式化的，到了唐代之后，这类赏赐的仪式更是被严格地制度化了。翻一翻唐代资料，今天的人会惊讶唐代皇帝对臣下什么都管，什么都要赏赐。比如腊日要赏赐大臣们新年的年历和防止面、唇皴裂的口脂、面药，寒食赐新火，春天樱桃初熟的时候，赏赐樱桃，端午节赏赐角黍、衣服、彩缕，各种节日还要赏赐应景的节日玩意，如立春的彩胜春幡，等等。给人感觉是皇帝就是一位大家长，掌握着臣子们的一切衣食住行所需，这显然正是赏赐所要起到的作用：就是在这种仪式化、制度化的赏赐中，君臣伦理被不断地重复强调，以一种象征的方式，喻示着父系社会中皇帝与臣子的关系。这大概就是“礼之用”的真谛之一吧。

文献中传达的另一个信息，就是唐宋天子每年夏天赐冰的数量相当之大，因此，可以肯定，当时皇家冰窖的规模一定十分巨大。实际上，从北朝时代起，不仅京城有皇家专用冰窖，而且地方上也设有属于国家的官用冰窖（参见王仁湘：《古代冰井与冰厨》，载于《饮食考古初集》，中国商业出版社，1994年）。这从一个方面反映出当时的社会生产力水平比从前大大提高了，只有在这种情况下，对冰这种基本生活资料之外的消费品较大规模的开发，社会才能承受得起。意味深长的是，正是从唐代起，开始出现有关民间经营冰雪买卖的记录。比如唐代佚名之作《迷楼记》中说，隋炀帝的宫人为了邀宠，“各市冰为盘”，以致“京师冰为之踊贵，藏冰之家，皆获千金”。这一传说反映的情况是很重要的，它提到冰成为了商品，可以在京城的市面上直接买到；根据供求关系的规律，作为商品的冰块可以因为需求的增加而急速涨价；出现了“藏冰之家”，即专靠藏冰、卖冰赢利的专业户，真是“有行有市”了。既然宫女与这些“藏冰之家”的关系是“市”，即买卖关系，而且还得服从市场规律，说明这些“藏冰之家”不受官方控制，是完全按照商业规律来运作的独立商家。《全唐诗》中录有一位虚中和尚的一首诗名《卖冰者》，可惜原诗已佚，只留下两句残句：“盘中是祥瑞，天下恰炎蒸。”但已足以说明唐时民间在炎热盛夏有“卖冰者”，也就说明隋炀帝宫女“市冰”的传说产生在唐代，是有现实依据的。这些“卖冰者”、“藏冰之家”要想收藏冰雪，当然就得有自己的冰窖，换句话说，商业性的民间冰窖和民间藏冰活动在唐代出现了，并且形成了一个“特种经营”的行业。《云仙杂记》的一则记载也印证了这一状况，它说，“长安冰雪，至夏日则价等金璧”，可是由于白居易的诗名“动于闾阎”，所以能够“每需冰雪，论筐取之，不复偿价，日日如是”。话说得很清楚，“闾阎”，即民间、老百姓，白居易是因为诗名在民间很大，受到了老百姓自发的尊重和爱戴，所以

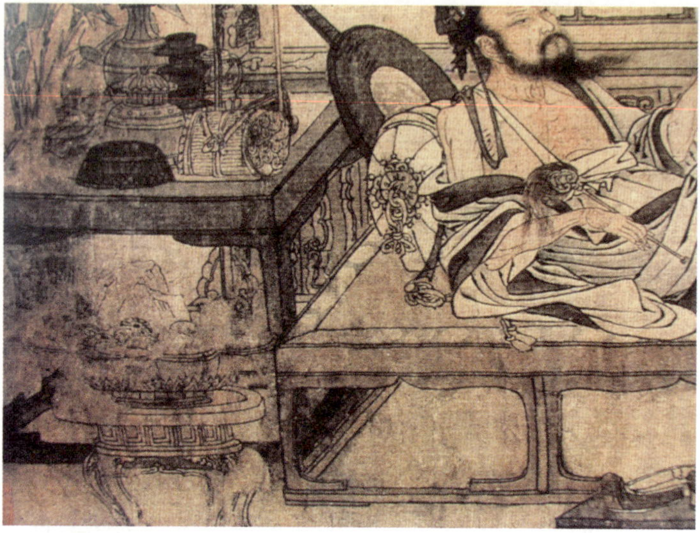

在这卷表现士大夫悠闲度夏生活的作品中，在主人公的卧榻旁，摆有大冰盘。（元·刘贯道《消夏图》）

才能够从卖冰雪的商家那里一筐筐地白拿。这就说明，当时经营冰雪生意的商家完全是民间背景，另外，即使是官宦人家，在需要用冰的时候，也是直接到市场上买，在特殊情况下，甚至宫廷也会向民间买冰。

不过，从诗文记载来看，冰雪成为商品，成为商业买卖中的一个行当，主要是在长安、洛阳两京出现的特殊现象。李贺《出城别张又新酬李汉》一诗中极力述说长安是生活昂贵奢侈之地（“长安玉桂国”），其中提到的一条证据就是：“开贯泻蚨母，买冰防夏蝇。”——人们在夏天可以大把花钱在买冰防暑上。这样的描写说明,民间经营冰雪买卖,似乎是京城生活的特色,在其他地方并不普遍。另外,即使在京城,民间冰窖的藏冰能力也是有限的,如《云仙杂记》的记载所说,“长安冰雪,至夏日则价等金璧”。也因此,唐代诗文中提到夏日用冰,多是说“赐冰”,冰雪终究还是“非常之物”。即使上层社会用冰的主要渠道,也还是来自皇家冰窖的赏赐,因此贵族高官们在夏天还能常靠“赐冰”来解决问题,而下层官员、老百姓赐冰得不到,买冰又太贵,对他们来说,冰仍然是一种难得的奢侈品,所谓“实大王樽俎之常品,非小民造次之所致”(韦应物《冰赋》)。而杜甫在老病苦热之中,除了感叹“敢望宫恩玉井冰”之外,就没什么其他办法了。

这一情况到宋代有了惊人的变化。在两宋的京城中,民间的冰雪经营业极其发达普遍,夏天市面上卖冰雪,已经是很平常的事情。《东京梦华录》中记六月“巷陌杂卖”,说是:“是月时物,巷陌路口,桥门市井皆卖……冰雪凉水……”冰雪被放在水饭、水鹅梨、金杏、红菱等食物水果之列中,当做“时物”、“杂卖”之一种,街头巷尾随处都有出售,那么,当时民间窖藏的数量一定非常之大,以至冰雪成了很普通的东西,既不稀奇,也不珍贵。当时不仅有多家“藏冰之家”,而且其中更有靠专营冰雪而出了名发了财的,如《东京梦华录》同条接着便说:“冰雪惟旧宋

冰镇着瓜果的冰盘。(明·方于鲁《方氏墨谱》“冰盘墨”)

门外两家最盛，悉用银器。”揣其语意，汴梁经营冰雪的显然不止这两家，但以旧宋门外这两家规模最大，他们的实力雄厚到了什么程度呢？——盛卖冰雪的家伙全是银器！

既然藏冰、卖冰的规模很大，宋代市民连同上层社会使用起冰雪来也就大手大脚，不必精打细算。夏天市面上的各种消暑食物、饮料往往是用冰雪冷镇的，或者干脆用冰雪制作。如六月“巷陌杂卖”中就有一种“冰雪细料馉饳儿”，此外还有“冰雪冷元子”，冷饮则有“绿豆、甘草冰雪凉水”（《东京梦华录》“州桥夜市”）、“雪泡豆儿水”（《梦粱录》“夜市”）、“雪泡缩皮饮”（《武林旧事》），茶肆“暑天添卖雪泡梅花酒”（《梦粱录》“茶肆”）。最有意思的是，有钱人家还要“散暑药冰水”（《西湖老人繁胜录》），作为一种慈善行为，无偿向路人提供解暑药和冰水。《东京梦华录》中记载顾客在食店中点饭菜的情形是：“都人侈纵，百端唤索，或热或冷，或温或整，或绝冷、精浇、膘浇之类，人人索唤不同。”《梦粱录》中有一段关于杭州“面食店”中“杭人侈甚”的文字，与《东京梦华录》中的记述差不多，也是说顾客可以随时点“冷”或“绝冷”的面食和下饭之菜。如果没有大量的民间藏冰，“绝冷”的食物显然很难在民营饭店中做出来。这样的情况，与唐诗中表现出的情形，有着天壤之别，显然，冰雪在宋代早不是什么“非常之物”了。

近年来，一些研究中国历史的学者，特别是一些国外的汉学家，往往强调在唐宋之际中国社会经历了很大的变化，冰块由特权标志到普通商品的身份转换，或许可以作为这一说法的一个小小的注脚。不过，需要一提的是，在宋代，虽然民间藏冰已经随处皆有，而且价格便宜，但是，如在本文前面已经提到的，皇帝颁冰的仪典还是被继续执行着，并且相关制度制定得更细，规模也更大了。那一时代的臣民们也还是以使用“赐冰”为殊荣，如宋词中一提到夏天用的冰，往往说是“赐冰”。这当然是人们的观念意识在顽强地起着作用。都是冰块，但是一说是“赐冰”，那冰块本身，以及使用冰块的人，身份地位似乎就陡然地升了一个档次。

在宋以后的年代里，民间冰雪经营业始终活跃，并持续发展，在明清时代，夏天使用冰雪，在大中城市都是很普遍的事情（王仁湘：《古代冰井与冰厨》；远波：《皇家冰窖与冰箱》，载于《紫禁城》2004年第4期，页75—81），像西门庆这样开生药铺的商人家里，一到夏天都可以“冰盆内浮瓜沉李”，享受“冰盘”里冷镇出来的酸梅汤。“颁冰”之礼也一样地被承袭下来，据《燕京岁时记》记载：

京师自暑伏日起至立秋日止，各衙门例有赐冰。届时由工部颁给“冰票”，自行领取，多寡不同，各有等差。

清代的“赐冰”制度看来更像是规定给大小官员的一项福利制度，再没有前代那些郑重的礼节，官员们直接从工部衙门领“冰票”，然后凭票免费领取皇家冰窖的藏冰。曹雪芹的祖父曹寅有一组以《和芷园消夏十首》为题的诗作，其中一咏《冰盘》，便道是：“内窖常支过午冰。”在那时的朝臣们看来，从工部负责管理的官办“内窖”获得消夏用冰，是“领取”、是“支”，也就是正当地拿到自己本分内应得的福。冰块实在没有什么神秘感了，于是，皇家就得另寻花样来作为操练君臣关系的手段。《红楼梦》中，宫中不断往荣宁二府上送来各种象征多于实用意义的赏赐品，一匣宫花，一碗蒸酥酪，毕竟是“内造”的，宫外没有，于是就更容易化身成“天恩”的雨露。

梅花络

一

八年前，我从巴黎乘长途汽车跑到比利时的安特卫普，看望在那里留学的一位旧日同窗。一个晚上，这位朋友出去打工，留下我一个人在她空旷的北欧老房子中独自发闷。无意中，我发现了一本台湾出版的教人打中国结的小书，鬼差神使地，竟然拿起绳子学习起来，折腾了一个晚上，才打成了一个最简单的结，而且歪歪扭扭，极其难看。不过，朋友下工回来，看到我的成绩，却着实惊诧了一番，因为我一向是公认的手笨，她万万想不到我居然也能把一根绳子绕来穿去，打成一个中国结，觉得我远比她想象的聪明，当下把我着实地夸了一顿。

这是我为数甚少的修习“女红”的经验之一，从那以后，再也没有动过学打中国结的念头。不过，这几年来，用中国结制成的各种小饰物渐渐风行，我每次看到柜台上琳琅满目的中国结饰物，就会不期然地想起自己在遥远的异国用学打中国结排遣乡愁的那一个晚上。这多少有点像《小王子》中的小狐狸，狐狸一看到麦浪就会想起小王子的金色头发，我一看到中国结，就会想到遥远安静的小城安特卫普。

这样对中国结留了意，我才渐渐注意到，在古代女性的生活中，中国结曾经是一项多么重要的女红。《红楼梦》里就大约有四次提到打中国结，如第二十四回中提到，“袭人因被宝钗烦了去打结子”；第三十二回，却是袭人求湘云“打十根蝴蝶结子”——当然是为了宝玉；第六十四回，也是写袭人为了给宝玉做一个新扇套，“手中拿着一根灰色绦子，正在那里打结呢”。第三十五回中“黄金莺巧结梅花络”一节，更是用浓郁的笔墨描写莺儿利用打中国结的方法打“绦子”和“络子”。据莺儿讲，她打的花样有“一炷香，朝天镫，象眼块，方胜，连环，梅花，柳叶”，其中，如方胜、连环、梅花等，至今也还是打中国结时常常要用到的基本样式。从《红楼梦》的描写中不难看出，在当时的日常生活中，有大量的物品要靠女性用打中国结的方法进行装饰，仅书中提到的就有“扇子、香坠儿、汗巾子”、扇套，还有装东西用的“络子”，即线结的小袋子。

其实，中国结在古代生活中的用途非常广泛，远不止《红楼

衣带打结。([传]东晋·顾恺之《列女图卷》局部)

梦》中提到的这些情况。既然上古曾经“结绳记事”,中国结的起源想必是可以追溯到极古远的年代的,这里且不去提它。根据我个人的印象,在中国古代艺术中,中国结大概是出现得最频繁的细节形象之一。

比如,人物形象的服饰上就往往会出现中国结。这是因为,一直到明中叶以后,中原地区的人们才在服饰上普遍使用纽扣,在此之前,人们一直主要是靠长长的衣带来系束衣服。在把衣带两端连系到一起时,自然要打个结,于是在衣带上打中国结就成了每个人天天必修的功课。所以,在古代生活中,最离不开中国结的地方,首先就是古人的衣带。不过,衣带上打出的花结总以简便为主,要打得简单,能很容易地解开,从古代艺术中就可以看到,出现在人们服饰上的衣结的样式都是比较简单的。顺便说一句,与古代中国的情况相似,日本传统服装至今也还是靠衣带来系束,不用纽扣,因此如何把和服的腰带打成结,仍然还是一门复杂的学问(见武内元代《实用系结大全》“和服”篇,河南科学技术出版社)。至于中国,到了《金瓶梅》的时代,用纽扣来代替衣带的情况就已经相当普遍了,而明清时代的纽扣,除了金属、玉、象牙等材料之外,大量都是布纽扣,这些布纽扣也是用打中国结的方法制作的,所使用的打结方法可谓花样百出,是非常复杂的技术活。

在艺术表现中，中国结被派在各种各样的用途上，范围非常宽泛，很难归类。例如，从春秋时代起，把一块块玉佩、一条条珠串用绦带穿起来，形成长长的佩饰，挂在腰带上，是贵族们炫耀自己身份、财富的重要手段。在信阳、江陵等地战国楚墓出土的木俑上，就用彩绘表现了这种华丽的长佩，从彩绘上可以清楚看出，人们在用绦带穿系珠玉时，会用绦带打出一个个样式不同的中国结，作为装饰。又如，在相传为顾恺之作品的《洛神赋》、相传为阎立本作品的《步辇图》中，伞盖、旌旗等的装饰飘带上都系有中国结，以形成美观的效果。

比较特别的是，在传为唐人作品的几幅名画《挥扇仕女

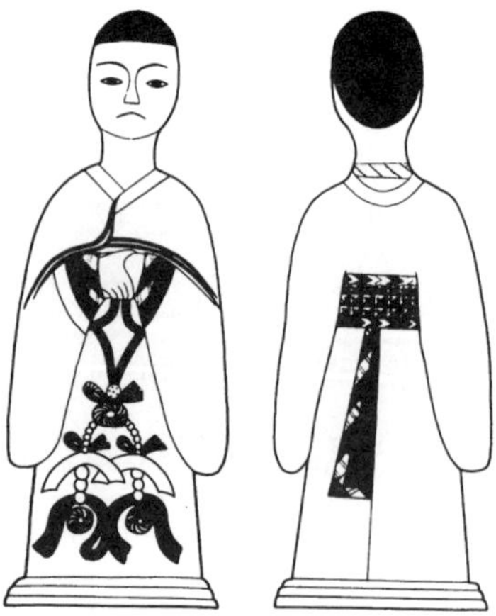

信阳楚墓出土彩绘木俑，战国贵族流行挂珠玉长佩。（引自《中国古代服饰研究》）

图》、《宫乐图》、《调琴啜茗图》中，都一致地表现了使用中国结的一种特殊方式。椅子、凳子是在唐代渐渐流行起来的坐具，出现在这几卷绘画中的椅凳上，都在座框上相隔有间地安有几个小环，每个小环中有一条长长的绳带穿过，绳带两端垂下，在中间打出一个中国结。这种打有中国结的垂带固然起着装饰的作用，不过，推测起来，这些椅子大多没有靠背，也没有扶手，所以这些垂带大概还有类似提手的作用，当人们想要搬动椅子、凳子的时候，用手提起这些垂带就可以了，比直接去抬坐具本身会省力些。

在传为宋代画家苏汉臣的《货郎图》（沈从文先生考为元人作品，见《中国古代服饰研究》，上海书店出版社，页 352）中，货郎担上挂满琳琅满目的各样玩意儿，很多都系有打着精巧中国结的飘带，反映出宋元时代商品的发达，工艺的发达，物质生活的发达。另外，还有一个很有意思的例子，是河南偃师酒流沟宋墓出土砖刻上的宋代女性，在喇叭裤的外侧开衩上，缀了一连串的中国结做装饰。

从以上随便所举的几个例子，就可以看出，中国结在古代艺术中是频繁出现的角色，但是也是最不起眼的角色之一。因为它总是作为服饰、器物上的小小装饰，出现在边边角角的地方，很难引起人的注意，永远不可能唱主角。可是，这并不能说

伞盖上带花结的飘带。（[传]东晋·顾恺之《洛神赋图》局部）

用打有中国结的垂带作为坐凳的提手。([传]唐·周昉《挥扇侍女图》局部)

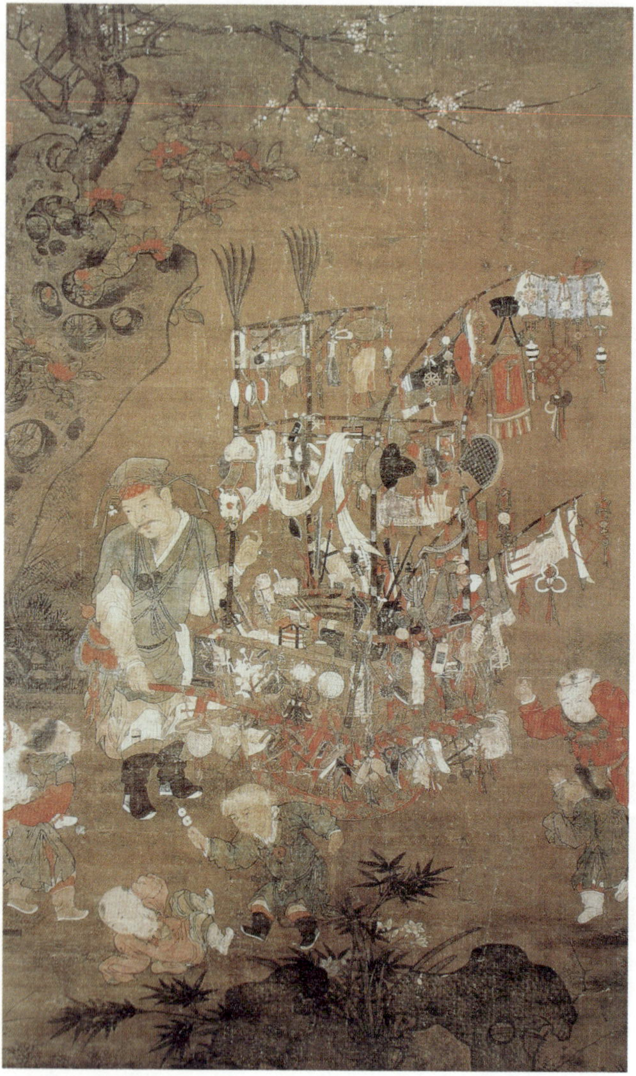

[传]宋·苏汉臣《货郎图》

明它不重要。中国结被艺术家在不经意间如此频繁地取入创作之中，即使在传世珍品如《洛神赋图》中，也活跃着它的身影，这正说明它作为古代生活中一项兼具实用性和装饰性的重要技艺手段，让艺术家们根本无法回避。中国结在艺术表现中的命运，多少反映了女性的一切创造活动的命运，反映了女性生活，以及女性自身的命运：在人类历史中是如此重要，如此不可否认，却永远只能处在被忽视的地位。

二

因为中国结的用处大，所以，打中国结就成了古代妇女的一项重要女红。为了鼓励女性用心研习这一技艺，在历史上甚至出现了与打中国结密切相关的某些特定风俗，随着这些风俗的形成，这一技艺拥有了自己的专门节日，这就是端午节。

根据《荆楚岁时记》、《酉阳杂俎》等书的记载，至迟在南北朝时期，端午节的风俗中就有了特定的一项内容，妇女们要在节前用五彩的丝线编结出许多“长命缕”，在节日那一天分赠家人亲友，让大家系在手臂上，据说是能辟邪、不生病。长命缕也叫续命缕、辟兵缯、五色丝、长索、朱索、百索、宛转绳等，名称很多。唐代无名氏所做的《五丝续宝命赋》中描写妇女亲手制作长命缕的情形，是“对回鸾之十字”、“盘续命之五丝”，这显然正是打中国结的基本动作；描写所盘成的花样的形状，则是“宛委虬盘”，这也正是中国结的形式特点。另外，唐人权德舆有《端午日礼部宿斋有衣服彩结之贶以诗还答》诗，诗中有“彩缕同心丽”之句，而在诗题中把长命缕直呼为“彩结”，更在诗中提到这长命缕采用了古时最流行的一种结式——同心结。

从这些记载来看，古代端午节的长命缕正是用打中国结的方法制成的。妇女们做长命缕时，不仅仅要打出一些基本的花结，如同心结，而且还要“结为人像”（《酉阳杂俎》）或“日月星辰鸟兽之状”（《荆楚岁时记》），总之，要在基本的结式基础上打出许多复杂的花样。宋人洪迈《夷坚志》（支庚卷第三）引述同朝人姜廉《花月新闻》中的传说，讲一位女“剑仙”与普通男子结了亲，“值端午节，一夕制彩丝百副，尽饷党族”，这位来历神秘的女士一夜间就制作出了上百副彩丝，遍赠夫家亲戚，所制的彩丝“其人物、花草、字画点缀，历历可数”，这当然是文学性的夸张，但也反映出长命缕以能打出各种精巧花样为胜的特点。

从这个故事也可以看出，妇女们在端午节前要打的长命缕不是一条两条，而是要打许多条，家人、亲友都要送到。故事中，女剑仙在制彩丝一项上表现出的心灵手巧，立刻得到了夫族亲戚的交口赞誉，“自是皆以仙妇呼之”。可见，端午节做长命缕，实际上是妇女们赛巧、斗巧的一次机会，也让全社会共同来检验各位女性打中国结的水平。因此，这一特定的节日风俗，在表面上的迷信色彩之下，其实是制造了一个特殊的机会，一年一次地集中检验妇女打中国结的技艺以及创新的本领，正如《荆楚岁时记》所说，是“以示妇人计功也”。不过，由于中国商品经济发达得很早，在唐代，市面上就已经有现成的长命缕作为商品出售了，女性可以到市场上买现成物回来，不一定非得自己亲手做（见《太平广记》“神部”“赵州参军条”），这种情况到了宋代以后就更为普遍了（孟元老《东京梦华录》）。

端午节的长命缕主要是缠戴在人们的手臂上，五代花蕊夫人《宫词》中描写宫女在端午节戴长命缕的情形是：“美人捧入南熏殿，玉腕斜封彩缕长。”正如今天青少年中流行戴在手腕上的绳编幸运手链一样。如今，在用中国结做手链、项链时，常会穿些珠子之类的小饰品做点缀，古人制长命缕时也是这样。《西京杂记》就提到，汉宣帝幼时，他的母亲史良娣曾经制作五彩宛转绳，端午节时系在他的手臂上，绳上特意穿系了一枚小小的身毒国宝镜，用以辟邪。到了宋代，宫廷在端午节时有珍珠百索（《武林旧事》），显然是在百索上穿饰珍珠。另外，据南宋吴自牧《梦粱录》记载，南宋宫廷过端午节时，专门负责做奢华精巧玩意儿的内司意思局，“以百索彩线、细巧镂金花朵，及银样鼓儿糖、蜜韵果、巧粽、五色珠儿，结成经筒符袋”，这是在用打中国结的方法制作过节的小礼物时，拿多种多样的小玩意儿穿系在彩线上做装饰。

值得特别一提的是， 南宋宫廷巧匠用这许多精巧饰件制作的还不仅是长长的彩缕，而是“经筒符袋”，即小口袋形式的玩意儿，也就是《红楼梦》中所说的“络子”。古人用打中国结的办法，不仅能制作长命缕、绦子，还能制出可以盛放物品的小袋子，而且，早在南北朝的时候，女性们就已经掌握这种精巧的技艺了。北周诗人庾信就写过一首短诗《题结线袋子》，赞叹这种用特殊技艺做成的小袋：“交丝结龙凤，镂彩织云霞。一寸同心缕，千年长命花。”南宋宫廷用百宝穿成的结线袋，当然只是作为玩意儿博天子一笑，没有什么实用的意义。但是，对于女性们来说，发明这种复杂的技艺可绝不是为了好玩，而是要用它在生活中发挥实际作用。在“黄金莺巧结梅花络”一节中，宝玉其实是为了解闷、好玩，请莺儿来打络子，先说：“不管装什么，你都每样打几个罢。”又说：“你闲着也没事，都替我打了罢。”但是，宝钗来了，提醒说：“这有什么趣儿！倒不如打个络子，把玉络上呢。”于是，依了宝钗的指点，便由莺儿为那一块通灵宝玉打了一个梅花络。宝玉和宝钗对莺儿打络子这件事在态度上的不同，似乎也反映出男女两性对女性创造活动在认识上的差别。

三

打中国结所使用的材料是丝绳、布绳之类，所以很难保留下来。但是，中国是一个充满奇迹的国家。经过考古发掘，居然从湖北江陵战国墓中出土了系带、腰带的实物，上面已经打了一系列花样变化不一、技巧复杂的中国结（参考《寄情中国结》，浙江人民美术出版社，页22），说明中国结的编结技艺至迟在战国时代就已经很发达了。不同年代的类似出土实物，当然尚不仅止于这一例。

不过，最让我感兴趣的是，在法门寺出土的唐代金银器中，有一只“鎏金卧龟莲花朵带五足银熏炉”，炉身上配有几个活环式的鎏金银提手，这几个提手的图案，正是被表现为用绳带“对回鸾之十字”、“盘续命之五丝”而成的中国结的形式。花纹中呈现的花结样式颇为复杂机巧，可以分为两部分，上半部分呈现为一个标准的中国结，不过，我在中国人撰写的介绍打结方法的书中找不到相似的样式，倒是在一位日本人武内元代所撰的《实用系结大全》中找到一种“三环结”，与之约略相像；下半部分，则是由绳带以一件圆球形物件为中心来回穿绕，形成回环缠绕的纹样，值得注意的是，作为核心的圆球形物，与一同在法门寺出土的银香球极为相似,似乎这里是在表现用绳带以打中国结的方法来装饰金银香球。显然,当年制作这件熏炉的金工们,一定是在生活中看惯了安装在器物上的、用打有中国结的绳带做成的提手,所以,在为银熏炉制作活动提手的时候,就直接援用了做成中国结形式的绳带提手的形象。从这一点也可看出,在唐人生活中,用绳带系挂在器物上,打个中国结,当做提手,这种简便灵活的方式一定还是很常用的。

对我来说,事情还不止于此。它有一种隐约的象征意味让我非常感动。金属工艺,特别是贵重金属工艺,是为男性所独占的技术,如果仔细分析,我们会发现,这一工艺集中反映了传统男权社会文化的诸多特质,因此无论在哪一个文明中都占有重要地位,往往成为衡量一个社会文明程度、强大与否的标准之一。无论从哪一方面,它都似乎与用丝绳来打结的女红形成鲜明的对立。甚至金属工艺所追求的材质的永恒,都与丝绳的速朽形成对照,金银象征着权势和财富,与之相比,丝绳在价值上显然无足轻重。然而,正是这一件由男性工匠制作的、以凸显象征财富的金银为目的、为皇权和宗教服务的工艺品上,却赫然出现了绳带打成的中国结的形象。女性的文化就是这样强行在男性文化上打下了自己的烙印,留下了痕迹。这也如同一个象征,象征着女性在男权社会中面对压制时所表现出的惊人的顽强。

唐代鎏金银香炉的银提手，模仿绳结式提手的形态。（法门寺出土）

当然，说到这里，我们又不能不提起伟大的曹雪芹。他没有像其他男性画家和工匠那样，仅仅把中国结当做一个不得不涉及的细节，在不经意间一带而过。相反，他浓墨重笔，在自己的巨著中为中国结立下了专门的篇章。他甚至专门设计了一位善于编结技艺的女性形象——莺儿，在稍后的篇章中，又花了很大篇幅，让这位“手巧”的少女在柳叶渚边用柳条和花朵编花篮。在他笔下，莺儿成了一个典型形象，她象征了一类擅长编结技艺的女性，也成了编结这一女性技艺的象征。像他笔下的贾宝玉一样，曹雪芹是极少数心灵敏感的男性之一，能够意识到被压抑在男权文化下的女性的存在和女性生活的存在，因此他能敏锐地发现小小的中国结中所蕴涵的女性文化的意义。《红楼梦》中贯穿始终的最重要的道具，那一块命根子的通灵宝玉，原本是黛玉给“穿的穗子”。后来黛玉在与宝玉的争吵中，赌气把穗子铰坏了，于是，宝钗又出了个主意，让莺儿“把那金线拿来配着黑珠儿线，一根一根地拈上，打成络子”，然后用这络子把通灵玉盛护起来。对我来说，这正像法门寺出土的鎏金银熏炉上的中国结纹样一样，是一种象征：女性就是这样在男权文化中顽强地留下了自己文化的记忆。通过以她为压制对象的那一机制，她获得了同样的不朽，虽然不朽或许只是男权文化所标榜的幻象。

琉璃、玻璃与《红楼梦》

一

《红楼梦》第三十一回中，晴雯与宝玉吵架，是予人印象深刻的一幕。这个非常有性格的女孩，虽说是个丫鬟，却不甘受宝二爷无故的欺凌，冷笑着说："就是跌了扇子，也算不的什么大事。先时候儿什么玻璃缸，玛瑙碗，不知弄坏了多少，也没见个大气儿，这会子一把扇子就这么着。何苦来呢！"值得注意的是，从贾府大丫鬟的口中，说出了"玻璃缸"这样的称呼。

在《红楼梦》中，数次出现了"玻璃"的字样，这一点其实深可玩味。首先，这说明在当时贵族阶层的日常生活中，"玻璃"一词，已经代替了此前更为常用的称呼"琉璃"。这一名称上的转换，其实并不简单，它反映的，恰恰是中国玻璃史、外贸史、中外交流史上很重要的一个转折过程。非常有意思的是，"玻璃"和

“琉璃”两个词，从一开始就是中外文化交流的产物。在汉代成功地打通贯穿西域和前往南海的南北两条路径之后，各种异域物产通过陆路和海路陆续来到中国，种种新奇的物品中，赫然便有“玻璃”和“琉璃”的名字。如《魏书·西域传》云：“波斯国，多大真珠、颇梨（玻璃）、琉璃、水精、瑟瑟、金刚、火齐……”《旧唐书·西域传》则云：波斯国“出……琥珀、车渠、玛瑙、火珠、玻璃、琉璃……”有学者指出，“玻璃”和“琉璃”两词均出于外来译音[1]。不过，关于什么是玻璃，什么是琉璃，二者的区别是什么，长期以来曾经众说纷纭，造成了很大的困惑。1970年，陕西西安何家村窖藏出土，其中有一件莲瓣纹提梁银罐，罐盖上有墨书记录：“琉璃杯碗各一、颇黎等十六……”罐中所贮之物，恰好有一只玻璃杯、一只玻璃碗，以及十六块天然宝石。[2] 今人这才得以确定，在唐代及以前的时期，琉璃，是指我们今天所说的人工制造的玻璃；而玻璃，在当时却主要是指天然宝石。扶风法门寺出土了多件玻璃制品，而在同时出土的衣物账上，则将之记为“琉璃”器，如其中一套精美的玻璃茶碗、茶托，衣物账上写为“琉璃茶椀（碗）、柘（托）子一副”，也说明，今天所说的玻璃，在古代被习惯称为“琉璃”。[3]

不过，“琉璃”，也还不是古代文献中所见的对于玻璃的最早的定名，在其前，玻璃有着更为古老的称呼，是“随侯珠”、“五

莲瓣纹提梁银罐盖内的墨书题记。
（何家村出土）

色玉”。东汉王充《论衡》“率性”篇中有道：“兼鱼蚌之珠，与《禹贡》‘璆琳’，皆真玉珠也，然而随侯以药作珠，精耀如真；道士之教至，知巧之意加也。”明确提到，战国时的随国就已经善于烧制玻璃珠。近年在曾侯乙墓中出土了战国时代的玻璃珠实物，有专家认为就是文献中所提的著名的“随侯珠”。曾侯乙墓所出土的玻璃珠，在表面布满圆圈纹，一般称作“蜻蜓眼”式玻璃珠。这种“蜻蜓眼”式玻璃珠，最早却是在遥远的地中海地区发展起来的，通过航海贸易以及复杂的陆路传播，向世界的各个地区流传开来。因此，于春秋末期、战国初期开始出现在中国南方的“蜻蜓眼”式玻璃珠，究竟是外来的制品，还是中国本土玻璃制造技术成熟的产物，就成了学术界热烈争论的一个话题。其中

战国时代的蜻蜓眼玻璃珠。(湖北随县曾侯乙墓出土)

一种看法是，这种玻璃珠最初确实是由地中海地区辗转传来，其光亮圆洁、华丽多彩的特质，在古人眼里当然会显得非常神奇，所以自然地受到了先秦上层社会的追捧。由于外来的玻璃珠数量十分有限，而又备受本地富贵阶级的珍视，这就激发了在本土对外来物品进行仿制的动力。战国以前，中国的玻璃生产技术仅仅处于萌芽阶段，但在进入战国时期以后步入了成熟，这一过程，应该与外来玻璃制品的刺激和提示有关。各地战国墓中出土的“蜻蜓眼”式玻璃珠，经过化学成分分析显示，一部分是西方传入的外来制品，有些却可能是本土的仿制品，即表明了这一实际的历史状况。[4]

在战国时期获得成熟的玻璃技术，并不仅限于生产“随侯珠”。在战国墓中，出土有玻璃制的璧、印章、剑饰等等，而在两汉时期墓中，更出土有玻璃杯、玻璃牌饰等物。对此，王充《论衡》“率性”篇中有一条非常重要的资料：“天道有真伪：真者固自与天相应，伪者人加知巧，亦与真者，无以异也。何以验之？《禹贡》曰‘璆琳琅玕者’者，此则土地所生真玉珠也。然而道人消烁五石，作五色之玉，比之真玉，光不殊别。”显然，在汉代，人工烧冶出来的玻璃制品，因其质地莹泽如玉，同时色彩鲜艳多变，所以获得了“五色玉”的称号。“五色玉”与“随侯珠”一样，在古代文献中常常出现，如《十六国春秋》“后赵录”记录石虎的宫城建设时，写道：“又太极殿前起楼，高四十丈，结珠为帘，垂五色玉佩，风至，铿锵和鸣。”就是具体运用“五色玉”的一个实例。

但是，在古代文献中可以看到这样的一个过程：随着“琉璃”这一名称的出现和普及，“五色玉”一词却很快消失了。“随侯珠”虽然没有被遗忘得如此彻底，但也失去了作为“以药作珠”的玻璃珠的本义——扶风法门寺中出土了两枚唐代的“随求（球）”，却是用天然水晶磨琢而成。造成这一现象的原因，是外来玻璃制品与外来玻璃制造技术所形成的新一轮冲击波。

从汉代通西域始，一直到南北朝时期，出现了新的一波外贸玻璃器与外来的玻璃制造技术传入中国的过程。在战国至汉

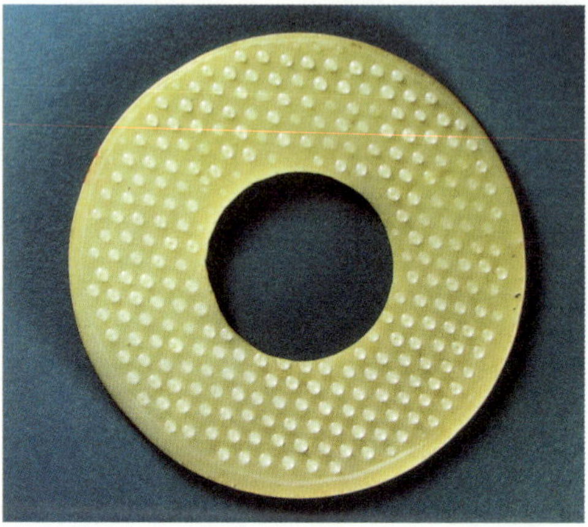

战国时代的玻璃璧。(湖南长沙杨家山出土)

的这一历史时期里，中国在进步，世界也在进步，有着悠久的玻璃制造传统的西亚地区，在玻璃这一领域取得了诸多新的成就。色彩多种多样、光泽鲜艳莹润、特别是有高度透明性能的西亚玻璃，给古代中国人留下了非常深刻的印象，唐人颜师古注《汉书》“(罽宾国)出……珠玑、珊瑚、虎魄、璧流离”时，引《魏略》云：“大秦国出赤、白、黑、黄、青、绿、缥、绀、红、紫十种流离(琉璃)。”可以想象，来自东罗马的色彩丰富的玻璃制品最初出现在古代中国人面前的时候，是多么的具有新鲜感，多么让人惊奇。彩色玻璃，在古文献中更多的是被称为“五色琉璃”，而制作这种彩色玻璃的技术，也在北朝时代传入了中原：“大月氏国，都剩盐氏城，在弗敌沙西，去代一万四千五百里。……其王寄多罗勇武，遂兴师越大山，南侵北天竺。自乾陀罗以北五国，尽役属之。太武时，其国人商贩京师，自云能铸石为五色琉璃。于是采矿山中，于京师铸之，既成，光泽乃美于西方来者。乃诏为行殿，容百余人，光色映彻，观者见之，莫不惊骇，以为神明所作。自此，国中琉璃遂贱，人不复珍之”（《北史》“西戎传”）。更先进、更丰富的外来产品及技术，就这样迅速征服了中国人的生活。与之相伴的，则是人们意识中对于“随侯珠”、“五色玉”所代表的旧有的本土玻璃传统的逐渐失忆。

如前所述，从汉代开始，来自东罗马、波斯的玻璃制品，以

河北满城中山靖王刘胜墓出土的西汉玻璃盘，应为“五色玉”。

及相应的玻璃技术，极大地改变、更新了中国玻璃制造的面貌。不过，必须指出的是，由于古代交通条件的限制，也由于传统的技术传授方式（匠人之间靠经验相传）的局限，中国玻璃制造在接受外来影响的同时，很难完全移植异域的全套工艺，这其中，包括无法找到与异域玻璃一样的原料及其配比。因此，本土的生产，只能是在接受外来先进经验的同时，利用既有的资源和传统摸索前进，这就使得中国的玻璃制造始终具有自己的技术特色，形成了某种虽然不是很强大，但却绵长不绝的工艺传统。“随侯珠”、“五色玉”这样的玻璃名称虽然遭到了弃置，然而，其所象征的战国以来的玻璃生产传统，却很难完全被抛弃掉。新型玻璃“琉璃”在中国本土的发展，必然是外来技术与传统经验相融合、相启发的过程。但是，不管怎样，“琉璃”这一新产生的

广州西汉南越王出土玻璃牌饰，应为“五色玉”。

外来词汇是被采纳了下来，固定成为玻璃制品的专用名词，一直沿用到明清时期。从隋唐以来，若要问一个中国人“五色玉”是什么，他反而会发愣答不上来，根本不知道那指的就是“琉璃”。

不过，由于种种原因——主要是由于古人缺乏科学地认知世界的能力，缺乏系统的物理知识和化学知识——“琉璃”和“玻璃”从进入中国文化的一刻起，就面临着被弄混的危险。比如，颜师古就对同时代人把人工制成的玻璃器叫做“琉璃”表示不满，认为“琉璃”应该是指天然宝石。更多的情况，则是以“玻璃”为今天所说的玻璃制品，也就是说，“玻璃”被赋予了与“琉璃”相同的含义。这一点到了宋代就很明显，如，南宋周密《武林旧事》“赏花”一节，写禁中赏牡丹，“间列碾玉、水晶、金壶及大食玻璃、官窑等瓶”，卷七再次写到“又别剪好色（牡丹）花儿一千朵，安顿花架，并是水晶、玻璃、天青、汝窑、金瓶”。“大食玻璃”，当然是指阿拉伯帝国所出产的玻璃制品，在宋代的文献中，一般都称为“大食琉璃”，例子很多，兹不赘举。此外，如《西湖老人繁胜录》中，列举“七宝社”的中外“奇宝”，其中有“玻璃盘、玻璃碗”。《武林旧事》“灯品”中，说新安创烧的“无骨灯”是“混然玻璃球也”，这是把本土的玻璃制品也叫做“玻璃”了。似乎，从宋代以来，人们喜欢把玻璃制品中质量上乘者称“玻璃”，而水平比较一般的制品则呼作“琉璃”。无论如何,“琉璃”仍然是这一漫长时期内占主流的称呼,是玻璃类制品的通称。[5]

唐宋以来的琉璃制品,始终存在着本土琉璃与外来琉璃的两大分野。外来琉璃的重要进口国,从昔日的东罗马、波斯,逐步变成为伊斯兰文化的阿拉伯“大食”帝国。本土琉璃虽然有一定的生产规模,在日常生活中得到某种普及,并且有一定的技术创新,但是,在质量上却始终无法与实力强大的西亚地区相抗衡。程大昌《演繁录》中对此说得十分清楚:“中国所铸琉璃,有与西域异者。铸之中国,则色甚光鲜,而质甚清脆,沃以热酒,随手破裂。至其来自海舶者,制差朴钝,而色亦微暗,可异者,虽百沸汤注之,与磁银无异,了不损动,是名蕃琉璃也。”本土生产的琉璃器,始终没有能够在质量上过关,坚牢程度不够,尤其是耐热性太差,因此无法与国外琉璃竞争。进口琉璃器,也就长期成为中国上流社会所钟爱的一种奢侈品。

中外玻璃交流史上的又一大变化始于明朝中叶。这一变化,是与世界历史的格局变革相联系的。欧洲人海上霸权的建立,及其对东方航线的开辟,使得中国有了新的贸易对象。从16世纪起,欧洲的产品,包括其所生产的玻璃器,就开始进入中国,并成为富贵人家的奢侈品。明人张燮所著《东西洋考》卷六“红毛番”,就明确记载了欧洲人挺进东方的急先锋——荷兰东

宋代的流行——折枝牡丹花安放在大玻璃器中。(南宋·佚名《柳枝观音像》局部)

印度公司在南洋的活动："红毛番，自称和（荷）兰国……"文后罗列了荷兰人的主要贸易种类，其中就有"玻璃"、天鹅绒等。

荷兰人带来的"玻璃"，与中国人以前所见到的"蕃琉璃"，有着很大的不同。15 世纪，拜占庭帝国的最终覆亡，促使西亚地区的一部分工匠逃到了意大利的威尼斯，他们把古老的玻璃制造传统也一同携去，玻璃业首先在威尼斯得到了很大的发展，随后，又被威尼斯匠人推广到欧洲各地。明代人所看到的，正是经欧洲人发展、革新了的玻璃制品，这些质量优良的玻璃新品种，立刻引起了中国人很大的兴趣。很明显的是，新颖的欧洲玻璃，被冠以了"玻璃"这一称呼，而"琉璃"，则主要局限于指称传统工艺制作的土产玻璃制品。[6]这一现象在入清以后越来越明显，康熙三十四年设立由欧洲传教士负责的玻璃作坊，直接引进欧洲玻璃生产技术为宫廷服务，这一设置便被称为"玻璃厂"。从最近整理出版的《养心殿造办处史料辑览（第一辑）·雍正朝》（下简称"辑览"）[7]中可以很清楚地看出，当时的宫廷，对于进口的或者由玻璃厂以欧洲技术生产的玻璃器，都一律称为"玻璃"。《故宫博物院刊》2003 年第一期所刊《清朝的玻璃制造与耶稣会士在蚕池口的作坊》一文提到，乾隆时期负责玻璃厂的法国教士汤执中编写有《法汉词典》，今天译为"玻璃"的 glass，在该词典中却被对译为"琉璃"；crystal 一词，才被译为

“雍正年制”款透明蓝玻璃描金花卉盖碗。(香港李氏收藏)

“玻璃”。而 crystal 一词在英、法文中都有两层含义:首先是指天然水晶;其次,是指欧洲玻璃业所发明的一种高质量的透明玻璃,以其澄澈度、坚硬度都近似天然水晶,而被冠以 crystal 一名,在今天的汉语中译作“水晶玻璃”或“晶质玻璃”。crystal——“水晶玻璃”,是欧洲玻璃业非常重要的一项成就,是其代表性的品种。法国教士所编《法汉词典》显示,清代人是把高质量的欧洲水晶玻璃称为“玻璃”,而把本土常见的旧玻璃品种称为“琉璃”的。并且,在汤执中编写的《字母顺序常用词汇目录》中,保留了完全同样的信息。

《红楼梦》中对于“玻璃”的反映,正是在这一具体的历史背景下产生的。一方面,书中的描写,印证了史料文献中所记录的情况,说明在清代的上层贵族社会中,“玻璃”的称呼已经非常流行,而“玻璃”制品虽然尚属珍贵,但也不是极其罕见之物。另一方面,根据文献的记录,也可以判定,《红楼梦》中所说的“玻璃”,乃是从欧洲进口的玻璃,或是在中国本土根据欧洲技术仿制的玻璃。

在第四十九回《琉璃世界白雪红梅　脂粉香娃割腥啖膻》中,宝玉“一面忙起来揭起窗屜,从玻璃窗内往外一看,原来不是日光,竟是一夜的雪,下的将有一尺厚,天上仍是搓绵扯絮一般”,说明怡红院宝玉住室安装有玻璃窗。“辑览”中同样收有皇家建筑安装玻璃窗的记录,如雍正元年“木作”记录雍正传旨在养心殿安窗玻璃,雍正五年“玉作”一节中也详细记载了圆明园万字房对瀑布仙楼内一面玻璃窗户的安装过程,正可与《红楼梦》的描写互相对照。按照汤执中《法汉词典》等资料所给的定义,这些用来安装在窗户上的玻璃,就是欧洲发明的“水晶玻璃”(crystal),其实,实际上也只能是这一类产品。水晶玻璃的特点是无色透明,毫无杂质,透光性能极好,反光性能也极佳,并且沉重坚实,不易破碎,这些优点,都是土产琉璃所远远不能

清乾隆黄地套红玻璃寿字盖豆。(清内务府养心殿造办处玻璃厂烧造)

比的。

更重要的是，欧洲可以生产出平整、光滑的大片平板水晶玻璃，这就更为国产琉璃技术所无法望其项背。也正是由于这种平板透明玻璃的发明，才使得在窗户上安装窗玻璃成为可能。“辑览”中，雍正九年“五月廿日据圆明园来帖内称：奏事太监王常贵交……大玻璃片一块，长五尺、宽三尺四寸，随白羊绒套木板箱，系广东粤海监督督察御史祖秉圭进”，可见，皇家、大贵族家中所用的成片平板透明玻璃，要在广东等地从洋商那里进货。这样娇脆的东西千里迢迢运到北京，在当时的交通条件之下，也真是不容易。越珍贵的东西越会成为时尚，这一种情形也毫无例外地发生在了欧洲透明玻璃片上。结合《红楼梦》与“辑览”，可以看出，用成片的平板玻璃衬摆锡玻璃而成的玻璃镜，在当时就是很显档次的陈设，雍正本人就很有兴致地一再吩咐如何在家具上、居室中安装玻璃镜。[8]另外，把外来物品与本土生活习俗相结合的一项新时髦，是用这些大玻璃片做成玻璃屏风[9]。玻璃灯，在圆明园和贾府中，也一样都是很华贵的陈设。除了透明无色的水晶玻璃之外，欧洲彩色玻璃制品也同样受到明清上层社会的欢迎。在清代，主要是通过传教士掌握的御用玻璃厂，在本土仿制欧洲彩色玻璃器获得了一定的成功。据汤执中编写的《字母顺序常用词汇目录》，至晚在乾隆时代，中国也生产出了相当有水平的水晶玻璃。[10]

随着中国社会逐步向西方世界开放,欧洲的玻璃制品以及相关的现代技术都被引入并得到普及,我们今天日常所用的各种玻璃器物,都是出于欧洲近代玻璃生产体系。有意思的是,在这一过程中,"琉璃"一词又被国人逐渐遗忘,"玻璃"成为我们对于这样一类人工制品的日常、通行称呼。"随侯珠"、"五色玉",与"琉璃"、"玻璃"的更迭、替代,实际上反映了中国玻璃史上三个非常重要的阶段,而每一个阶段,都对应于外来文化和技术的一次冲击波,都像晴雨表一样,反映了世界文明景观中的变化、人类文明与技术的进步。

注释

1 见《唐代的外来文明》第十五章《宝石》注 139。[美]谢弗著,吴玉贵译,中国社会科学出版社,1995 年。

2 《花舞大唐春——何家村遗宝精粹》,陕西历史博物馆等编,文物出版社,2003 年,页 214、215。

3 《陕西扶风法门寺地宫》,《瓷器·琉璃器》,页 116。文物出版社,1994 年。

4 《楚国的矿冶髹漆和玻璃制造》,第五章"玻璃制造",后德俊著,湖北教育出版社 1995 年,251—296 页;安家瑶《镶嵌玻璃珠的传入及发展》,《十世纪前的丝绸之路和东西方文化交流》，新世界出版社，1996年，351—367页。

5 从元代以来，对于本土玻璃器尚有其他多种称呼，如瓘玉、硝子、料器等，但都不如“琉璃”一词更占主导地位。

6 语言在具体使用中总是带有任意性，不会遵循严格的规范。明清以来，对于欧洲玻璃器也时有呼为“琉璃”者。如清末王韬《海陬冶游录》：“至其琉璃瓶中各种花露，奇馥扑鼻，真有衣蔽而香不灭之妙。”其文在前刚刚提到“玫瑰洋皂”，所以这里所说的显然是装有西方香水的欧洲玻璃瓶。不过，笔者这里意在探讨关于玻璃的称名中的主要倾向，特别是在清代宫廷、贵族中所显示的明显倾向，以及所反映的社会史变化。

7 朱家溍选编，紫禁城出版社，2003年8月。

8 在怡红院陈设描写中，几次提到一架大玻璃穿衣镜；“辑览”雍正三年“木作”、雍正四年“木作”等多处都提到玻璃镜的安设、配置。

9 见《红楼梦》第六回、第七十一回、第一百零五回；“辑览”雍正三年“木作”、雍正九年“本年库贮”等。

10 《清朝的玻璃制造与耶稣会士在蚕池口的作坊》，[美]E.B.库尔提斯著，米辰峰译，《故宫博物院刊》2003年第1期，页67。

琉璃的奢侈

在魏晋士大夫中，王济（武子）是一个非常闪光的性格人物，至少他的同时代人是这么认为的。史料中记录他的事迹若干，件件都很有个性，给人深刻印象。他的特点之一是特别有钱，也特别奢侈。有一次，堂堂的晋武帝司马炎临幸王济家，结果这位臣子家中生活作风之奢靡，让晋武帝有点受刺激，一顿饭没吃完就走人了。刺激之一是，“武子供馔，并用琉璃器”，这被收录在《世说新语》的“奢汰篇”里，作为挥霍无度的一例突出表现。此事也见于《晋书》“王济传”，说是“供馔甚丰，悉贮琉璃器中”。

无独有偶，时代更晚的《洛阳伽蓝记》中，“开善寺”一节谈到河间王元琛的奢侈：“琛常会宗室，陈诸宝器。……自余酒器，

北朝磨花琉璃盘。（陕西咸阳北周墓出土）

东晋琉璃碗。（南京仙鹤观 6 号东晋墓出土）

“琉璃”在佛教中被赋予了神奇的性质。绘画中，观音菩萨用来抛洒甘露的杨枝，往往插在琉璃瓶中。（元·颜辉《水月观音》）

有水晶钵、玛瑙、琉璃碗、赤玉卮数十枚。作工奇妙，中土所无，皆从西域而来。”不仅说琉璃碗与水晶、玛瑙器皿一样属于“宝器”，而且还特别指明，是“作工奇妙，中土所无，皆从西域而来”。

在汉代通西域之后，各种异国产品经丝绸之路纷至沓来，其中，就有东罗马、波斯生产的玻璃器，当时叫做“琉璃”。近年在考古发掘中，从北朝墓出土有那一时代的东罗马、波斯玻璃器实物，质地均为透明玻璃，当然，因为原料中含有杂质，这些透明玻璃器都微带青色，还远不能像今天的水晶玻璃那样毫无杂色、彻映无碍。但是，对汉晋人来说，这种像水一样清亮、像冰一样晶莹的制品，绝对是前所未见的神奇玩意儿。晋人潘尼的《琉璃碗赋》，就夸赞此等“济流沙之绝险，越葱岭之峻危”、万里远来的玻璃盛器是“凝霜不足方其洁，澄水不能喻其清”。另外，外来琉璃器还拥有着异域风格的造型，晋人傅咸在谈到自家的一件琉璃卮时，就提到是“逞异域之殊形”。1989 年新疆出土一件隋代单足玻璃杯，杯身上采用萨珊玻璃器的典型装饰手法，无论从造型到纹饰都呈现出异域的特色，风貌与之非常接近的还有日本奈良正仓院所藏的一件配金属座的玻璃杯，可说是实际印证了傅咸所珍视的“琉璃卮”——玻璃酒杯的“异域之殊形”。现藏美国波士顿博物馆、相传为北齐杨子华作品的《北齐校书图》,非常准确地描绘了南北朝士大夫的生活方式,其中有一个值得注意的细节:“散发裸身之饮”的士大夫们所用的酒杯,恰恰是无把手,下有单足,造型很接近新疆出土隋代单足玻璃杯及正仓院藏玻璃杯,也许,这里恰恰具体地、形象地表现了南北朝贵族在生活中使用进口酒杯(玻璃或金银质地)的情形。由这些线索,我们可以想象,王济家、元琛家开出的席面是什么排场——精美的肴馔都盛在异国造型的透明盘碗里,更显得色状诱人。

从文献记载和出土实物的状况都看得出,在当时的贵族阶层中,有一件两件琉璃器并不难,难的是场面上清一色的全部使用琉璃器。异国玻璃产品经过遥远漫长的贸易路线到达中国,价格会变得十分昂贵,所以,王济家一下摆出那么多琉璃器,就难怪晋武帝会觉得不舒服。在魏晋南北朝时期,说一个人请客“并用琉璃器”,大概就像上个世纪 80 年代说谁家“家里都是日本电器”,或者像今天说谁家“一屋子都是意大利进口名牌家具”一样,是非常显示实力的一件事。

有一点也许值得注意的是,在形容王济的奢侈时,《世说》仅仅简单地说“并用琉璃器”,这固然是贯彻了其一向的明洁语风,但是,恐怕也与一个事实有关,即,在那个时代,琉璃器毫无例外地都是昂贵的进口货。所以,不用多说,只要这么点一下,大家就都能会意。但是，到了杨衒之的时代，情况已经发生了很大变化，对于外国产品的仿制早已开始，包括一些异域的生产技术都通过各种途径传了进来。琉璃的生产技术就在南北朝早期首先传入北方地区，直接造成了在北朝琉璃制品的价格暴跌（见《北史·西戎传》）。所以，杨衒之在形容元琛的奢侈时，就不得不多费点唇舌，说他的琉璃碗、水晶钵等等，是“作工奇妙，中土所无，皆从西域而来”，本地开发的仿制品，与这些原产高档货没法比。这正像今天国产家电、汽车成了寻常消费之后，要说明一个人有档次，就必须得指出，他用的是进口彩电、进口汽车，在这方面，古今的道理倒是一样的。

再版寄语

《潘金莲的发型》是我的第一本随笔集，出版后受到了朋友们的喜爱，对我是很大的鼓励。

当初也没有考虑太多，就是把已经写出的、自己比较满意的文章都编在一起。但是，最近，一直在和朋友们讨论一个问题，那就是读物应该适应当今的生活方式。书小一点，薄一点，可以很方便地塞在公文包内、手袋内而不显累赘，并且能够在比较短的一段时期内读完，这样的形式或许更适合生活节奏快、工作压力大的今日读者。背包里揣了一本颇厚重的书，因为只能利用工作与生活琐事之间的闲隙来阅读，于是很长时间内也只读了一小半，最后似乎成了鸡肋，这种烦恼的经历我们每一个人都有过。

因此，这次准备重版《潘金莲的发型》时，我们想做一个尝试，把这本随笔集一拆为三，涉及服饰的部分、涉及饮食与起居的部分、涉及文学作品欣赏的部分各自独立成书，分别名为《潘金莲的发型》、《花露天香》和《想念梦幻的桂旗》。这样，初版的内容就化成了三本小书，让读者可以选择自己更感兴趣的部分，也更方便随身携带和存放。另外，我尤其希望读者获得这样的快感：一本小书畅快读完，合上最后一页，呼一口气，书内的信息依然印象清晰，可以从容地咂摸回味。

朋友们也许会注意到，我在《花露天香》一文中关于花露在明清时代的状况的说法，与后来所写的《花露的中国情缘》并不一致。

写《花露天香》的时候，我根据有限的资料线索，误以为花露在清代没有实现商业化。但是，中国传统文献让我渐渐认识到这一误会是多么的可笑。不过，想到这篇文章是我很认真写作的结果，也希望保留自己认识改变的过程的痕迹，我没有再对此文进行修正。对于这一点，希望读者朋友予以理解和谅解。

说来真是感慨，我们对于中国自己的历史，对于世界，有那么多想当然的误会，与真相如此隔阂。

不过乐趣也就在追寻真相的努力中吧。不管最终成果如何，过程当中的每一点发现都足以惊喜，足以开心。

希望这三本小书能够像初版一样，继续给朋友们提供乐趣，继续受到大家的喜爱。

二〇一四年六月十七日